너의 이야기를 먹어 줄게 3

# 너의 이야기를 먹어 줄게 3

명소정 장편소설

사라진 기억
나의 괴물님

이지북
EZbook

차례

1. 바이올린 유령 ◇ 7

2. 반복되는 상담 ◇ 9

3. 비밀의 화원 ◇ 20

4. 기억이 버리고 간 것들 ◇ 34

5. 활의 끝을 쫓아서 ◇ 52

6. 시나리오의 주인 ◇ 74

7. 시끄러운 겨울밤 ◇ 87

8. 정원사의 기록 ◇ 95

9. 주도권이 있는 쪽 ◇ 112

10. 문제와 해설 ◇ 126

11. 호기심 ◇ 144

12. 해원의 시점 ◇ 168

13. 변곡점 ◇ 189

14. 앙코르의 의미 ◇ 217

15. 회고 ◇ 255

16. 어느 봄날 ◇ 264


작가의 말 ◇ 277

# 1. 바이올린 유령

 자정을 넘은 학교에는 불빛마저 드물었다. 숙직이나 야간 근무 하는 선생님이 아니면 아무도 학교에 남지 않는 시간이었다. 아주 가끔 늦게까지 실험실을 쓰는 학생도 있었으나 고작 그 정도로는 한밤 특유의 적막함을 깨지 못했다.
 겨울밤은 유독 더했다. 신입생의 입학이 한 달 정도 남은 지금, 학교에는 보충수업을 위해 남은 소수의 학생과 교사만 남아 있었다. 귀신조차 숨죽여 지나다닐 것 같은 추운 밤중에, 소원은 기척을 숨기며 본관 곳곳을 돌아다니고 있었다.
 '분명히 이쪽에서 들었는데…….'
 학교 연주실은 4층 복도 구석에 있었다. 복도가 휘어진 탓에 복도 끝까지 들어가지 않으면 눈에 잘 들지 않는 곳이었다. 한 걸음 내디딜 때마다 고요함의 틈새로 바이올린 연주가 새어 나왔다.

소원은 연주실 문에 귀를 가져다 댔다. 스피커 너머로 나오는 소리가 아니었다. 현과 활이 스치는 마찰음이었다. 음악이 끊기기 전에 들이쳐야겠다는 생각에 문손잡이를 홱 잡아당겼으나 잠겼는지 열리지 않았다. 도어록 비밀번호를 모르면 열 방법이 없었다. 하는 수 없이 문 앞에 풀썩 주저앉아 연주가 끝나기만을 기다렸다. 그러다 한 시간이 지나고, 또 한 시간이 지나 새벽으로 이어지기 직전까지도 연주는 끝나지 않았다.

'혹시나 했는데 진짜 귀신인가? 처음 들었을 때는 긴가민가했는데 말이야.'

그때, 연주실 바로 옆 교무실에서 누군가의 인기척이 느껴졌다. 소원은 화들짝 놀라 얼른 일어나 자리를 피했다. 분명 멀어지고 있는데도 바이올린 연주는 점점 가까워지는 것만 같았다.

## 2. 반복되는 상담

    오후 자습 시간은 보통 도서관에서 보내고는 했다. 창가 자리에 앉는 게 얼마 되지 않는 방학의 낙 중 하나였다.
    혜성은 종종 마주 앉아 내게 상담을 받거나 수다를 떨었다. 사실 부르는 이름만 다를 뿐 상담과 수다에 큰 차이가 있지는 않았다.
    "세월아."
    "응?"
    혜성은 도서관 벽을 꽉 채운 창문 너머를 가리켰다. 함박눈이 잔뜩 내린 탓에 늘 보던 풍경도 새롭게 느껴졌다.
    "창밖 좀 봐. 눈 많이 오네."
    "겨울이니까. 이번 겨울에 유달리 많이 오네."
    나는 창가에 몸을 기댄 채로 바깥을 응시했다. 책상 위에 올려 둔 상담 일지가 유리창에 비쳤다. 혜성은 상담 일지를 보며 옅게 미소를 지었다.

"이게 전부 내 상담 일지야?"

"응, 방학 동안 거의 매일 했으니까."

"오늘이 몇 번째지?"

"서른여섯 번째."

일지를 한 장씩 넘길 때마다 빼곡히 적힌 글씨가 세월을 반겼다. 그건 상담 내용이라기보다는 일기에 가까웠다. 초반에 적은 몇몇 기록은 대부분 혜성에 대한 정보였으나, 어느 시점부터 그날 혜성과 무슨 일이 있었는지가 적혀 있었다. 소원의 이름도 자주 등장했다. 방학 때까지 남아 학생들을 지도하는 선생님 이야기도 조금 있었다.

"다른 상담은 안 잡혀 있어?"

"응, 방학 때까지 동아리 활동을 할 필요는 없으니까. 애들도 몇 명 안 남아 있는걸."

고민 상담부원 세 명과 영명 그리고 성단은 전부 겨울방학을 학교에서 보내기로 했다. 이전에 상담을 받았던 학생도 몇몇 남아 있었다. 서별, 권다경 그리고 김해원. 가끔 떠오르지만 그럴 때마다 굳이 입에 담은 적 없는 이름들이었다.

저녁 시간을 알리는 종소리가 울렸다. 나는 상담 일지를 집어 들고 부실을 향해 걸어갔다. 혜성은 그런 내 뒤를 쫓아 나왔다.

"내 제안은 생각해 봤어?"

"네가 내 고민을 해결하는 걸 돕게 해 달라는 거?"

"응."

방학 시작부터 혜성에게 줄곧 들어 온 제안이었다. 겨울 방학이 오기 전, 나는 혜성을 상담해 주는 대가로 그의 비밀을 요구했다. 혜성도 처음에는 수긍하다가 비밀을 알려 주는 대신 자신도 내게 상담해 줘도 되냐며 운을 띄웠다. 나중에는 상담료도 따로 줄 테니 언제든 고민을 들어 주겠다며 끈질기게 굴었다.

고집 있는 제안과 달리 말투는 온건하기 그지없었다. 그게 내가 혜성의 권유를 쉽게 내치지 못하는 이유였다. 물론 그렇다고 거절하지 못했다는 뜻은 아니었다.

"지금은 너를 상담하는 일에 집중하고 싶어."

"요즘은 상담 시간에 잡담만 하잖아."

"네가 잡담만 하게 만드는 거지. 내가 왜 너를 상담하겠다고 했는지 알잖아."

"상담료는 마음의 준비가 되면 줄게."

그게 언제쯤이냐는 말이 목구멍 한가득 차올랐다. 애초에 그런 비밀을 쉽게 말해 줄 거라고 생각하지는 않았다. 상담을 청한 것도 그래서였다.

방학이 끝나 갈수록 여유가 없어졌다. 혜성에게는 비밀을 밝힐 서른여섯 번의 기회가 있었다. 그 기회를 쓴 적은 없지만 말이다. 그런데도 지금까지 참을 수 있었던 건 혜성과 대화하는 것이 즐거워서였다. 꼭 비밀을 밝히지 않아도 괜찮았다.

그러나 그것만으로는 한계가 있었다.

"네 말이 맞아."

"응?"

"나, 네 상담 그만둘래. 방금 너도 인정했잖아, 상담하면 잡담만 한다고."

혜성의 걸음이 뚝 멈췄다. 그것이 내 걸음을 멈추지는 못했다.

나는 부실에 일지를 두고 급식실로 향했다. 혜성은 내가 계단 앞에 다다랐을 즈음 뒤늦게 내 뒤를 쫓아왔다. 계단 아래쪽에 소원이 보였다. 조급해하는 혜성을 본 건지, 아니면 아마도 굳어 있을 내 표정을 본 건지는 몰라도 소원은 내가 다가오자 옅게 한숨을 내쉬며 말했다.

"어쩐 오래간다 싶었어."

"무슨 뜻이야?"

"너희 상담 말이야. 임혜성 걔 아직도 자기 비밀 말해 줄 생각 없다고 하지?"

소원을 잘 구슬리면 간접적으로 비밀을 알아낼 수 있을지도 모른다. 지난 2학기 내내 필사적으로 혜성에 관한 무언가를 감추려고 했으니까.

소원이 물었다.

"나한텐 안 섭섭해?"

"네가 무슨 잘못이 있겠어. 남의 비밀을 함부로 말해 주기는 좀 그렇잖아."

그 순간 내가 고집이 센 편인가 스스로 돌아봤다. 혜성의 입을 통해 듣는 게 아니라 다른 방식으로 비밀을 알아내는 건 이상하게 용납되지 않았다.

부쩍 드는 모순적인 생각에 나는 골치가 아팠다. 혜성에게 상담받는 게 싫지는 않았지만 그걸 거절해야 한다는 이상한 의무감에 시달렸다. 심지어 상담을 그만두겠다고 말해 놓고 수다 떨 핑계가 사라져 못내 아쉬웠다.

상담을 거절할 이유는 너무나도 많았으나 한마디로 줄이자면, 내게는 혜성에게 해 줄 이야기가 없었다. 과거는 말하고 싶지 않았다. 그렇다고 요즘 들어 고민거리가 있는 것도 아니었다. 그러면 남은 건 앞날에 대한 고민 정도인데, 나는 그 앞날을 도무지 선명한 해상도로 그려 낼 수 없었다.

작년 초까지만 해도 모든 것이 명확했다. 내가 원하는 것도, 해야 하는 일도. 그저 홀로 보내는 평범한 하루를 그렸으니 과거도, 현재도, 심지어 미래도 다를 것이 없었다. 정답이 사라진 건 고민 상담부 일을 시작하고 난 뒤부터였다. 그게 더욱 심해진 건 혜성을 만난 이후였고.

그날은 소원과 단둘이 밥을 먹었다. 혜성에게 화가 난 건 아니었다. 굳이 말로 표현하자면 답답한 쪽에 가까웠다. 이유가 뭐든 지금은 얼굴 보기가 꺼려졌다.

소원과 둘이서 밥을 먹은 것도 오랜만이었다. 그래서인지 오늘따라 소원의 얼굴이 눈에 자주 들어왔다. 평소와의 차이를 느낀 건 아주 잠깐 후였다.

"혹시 잠 설쳤어?"

그러잖아도 느릿하던 소원의 젓가락질이 뚝 멈췄다. 악몽이라도 꾼 걸까. 아니면 밤새 공부라도 했나.

"별일 아냐."

그렇다면 그냥 이유를 말했을 텐데, 소원의 대답이 못내 신경 쓰였다.

"꿈에 귀신이라도 나왔어?"

농담처럼 던진 말이었다. 귀신 정도는 너한테 별거 아니지 않냐며 덧붙이려고 했다. 그런데 소원은 얼굴까지 창백해져서 급하게 자리에서 일어났다.

"나, 나 먼저 가 볼게."

"벌써 다 먹었어?"

"응, 오늘 입맛이 좀 없네. 며칠 동안 잠을 설쳐서 그런가. 하하……."

소원은 혜성과 나에 비해 감정 기복이 꽤 있는 편이었다. 화를 낼 때도, 웃을 때도 자주 있지만 이렇게 억지스럽거나 어색한 적은 없었다.

몇 술 뜨지 않았는데도 가슴팍이 체한 것처럼 답답했다. 그새 쌩하니 식판을 들고 사라진 소원의 뒷모습에서 일부러 시선을 떼었다. 이해가 되지 않았다. 혜성이야 수상쩍은 게 하루 이틀 일이 아니니 그렇다 치더라도 소원이 저러는 건 이상했다.

창밖 하늘이 그새 붉게 물들었다. 더는 밥이 넘어가지 않아 자리에서 일어섰다. 급식실을 나오자 그새 쌓인 눈이 주변에 가득했다. 아직도 눈이 한창 내리는 덕에 어느 발자국이 더 오래됐는지 유추할 수 있을 정도였다.

이상하게도 막 생긴 발자국보다 사라져 가는 발자국에 시선이 갔다. 나는 그 발자국 위로 조심스레 내 발을 가져다 댔다. 나보다 몇 센티는 더 큰 발자국. 혹시 혜성의 것일까 싶었으나 이내 이쪽을 향해 다가오는 인기척에 꼬리를 물던 생각이 툭 끊겼다.

"권다경?"

"오랜만이야. 혹시 방학 동안에도 상담부 운영해?"

\* \* \*

방학 동안 혜성 말고 누군가를 상담해 준 적이 한 번도 없었다. 그러니 이렇게 갑작스레 방학 중 처음이자 마지막 동아리 활동을 하게 되리라고는 상상하지 못했다.

나는 권다경을 앞에 두고 작년에 기록한 그의 상담 일지를 찬찬히 읽었다. 지워진 글씨가 흐릿해 잘 보이지 않았다.

주 상담자 : 이세월

내담자 : 권다경

— 서별의 자살 시도를 최초로 목격함. 그로 인한 트라우마 호소. 차도가 없을 경우 정신과 상담 받기로 결정.
— 기억을 지워 준다는 소문을 듣고 방문함. 기억 섭취 여부 판단을 위한 추가 상담 진행. 해당 소문은 허황된 것으로 추후 소문의 근원 파악 필요.
— 서별과 친분이 있었음. 쉬는 시간이나 점심시간에 종종 둘이 함께 있었다는 증언을 들음. 해당 학생과 거리를 두게 만드는 것을 임시방편으로 제안. 이후 서별에 대한 기억을 전부 지움. 서별과의 친분이 대외적으로 알려지지 않은 상황이었기에 비교적 조치가 쉬웠음.

추가
— 서별과의 관계가 완전히 정리되지 않아 모르는 여자애가 자신을 계속 알은척한다며 찾아옴. 서별과의 추가 상담을 통해 고민 해결.

 서별. 일지에 권다경만큼 자주 등장하는 이름이었다. 서별의 상담 일지도 바로 다음 페이지에 있었다.

 주 상담자: 이세월
 내담자: 서별

― 자살 시도 경험이 있음. 본래 정신과 상담을 권했으나 상담 결과 해당 사건은 자살 시도가 아니라 자해 과정에서의 사고로 밝혀짐. 그러나 여전히 정신적으로 불안정한 상황. 해당 사실은 외부에는 미공개된 상황.
― 최초 목격자인 권다경과 친분이 있고 권다경과의 관계를 소중히 여김. 권다경과의 거리가 멀어진 걸 걱정해 찾아왔으나 근본적인 문제는 따로 있어 보임. 부모의 공부 압박으로 인한 스트레스를 자해로 푸는 것 같음.

추가
― 권다경의 보호 및 문제 해결을 위해 기억을 지우기로 결정. 이후로는 권다경에게 접근하지 않음.


사고 아닌 사고로 멀어져야만 했던 두 사람의 이야기는 그렇게 끝난 줄 알았다. 지금 이곳에서 권다경을 마주하고 이야기를 나누기 전까지는 그랬다.
"그러니까 네 말은……."
"그 애한테 말을 걸어 보고 싶어."
권다경의 상담 일지에는 분명 서별과의 기억이 전부 지워졌다고 적혀 있었다. 그리고 서별도 이제 권다경과의 기억은 아예 없는 상태였다. 그러니까 둘은 서로에게는 사실상 남남이나 다름없었다.

"마주칠 때마다 매번 고민하는데 결국은 포기하게 되더라."

권다경은 자신에게 종종 말을 걸어오던 여자애가 어느 날부터 자신을 모른 척한다고 했다. 기억을 지운 권다경에게 계속해서 다가갔던 서별마저 결국 스스로의 기억을 지운 상황인 듯했다. 권다경도 당시에는 별생각 없었던 모양이다. 신기할 정도로 알은척해 오던 여자애가 더는 귀찮게 굴지 않는다고, 그때의 권다경은 딱 그 정도였다.

그런데 이제는 갑자기 그 애만 보면 이상한 기분이 든다면서 새로이 상담을 요청한 것이다.

"저번 상담 이후에 대체 무슨 일이 있었던 거야?"

## 3. 비밀의 화원

작년 축제 때였다. 권다경은 6반에서 준비한 방 탈출 게임을 하기 위해 줄을 섰다. 방 탈출은 관심 없다며 다른 반 부스로 쌩하니 떠난 친구들과 달리 혼자서라도 게임을 할 생각이었다. 그런 그에게 6반 앞을 지키던 한 학생이 건넨 말은 청천벽력이나 다름없었다.

"혼자서는 못 들어가."

"뭐?"

"두 명 이상만 들어갈 수 있어. 대기자가 많아서 팀 단위로만 받기로 했거든."

지금이라도 친구들을 데려와야 하나 고민하던 찰나였다. 곤란해하는 권다경의 표정을 읽었는지 그 학생은 곧바로 해결책을 내놓았다.

"아까 너처럼 혼자 온 애 있었는데. 혹시 시간 비면 들여보내 달라면서 연락처 남기고 갔어. 걔랑 들어가는 건 어때?"

평소 같으면 분명 거절했을 것이다. 6반이 준비한 방 탈출에 대한 소문을 듣지 못했다면 말이다. 오전 내내 아무도 제시간에 탈출하지 못했다는데도 불평은커녕 극찬이 자자했다.

"부탁할게."

그 애는 연락을 넣은 지 오 분도 되지 않아 나타났다. 권다경에게는 낯익은 얼굴이었다. 자신에게 한동안 알은척하던 여자애였다. 그러다 어느 순간 알은척하지 않더니 그후 반년 동안 말 한마디 한 적 없었다. 이렇게 마주쳤으니 오랜만이라고 인사하겠구나 싶어 권다경은 그 애의 첫 마디를 기다리고 있었다.

"이름이 뭐야?"

마치 자신을 처음 보기라도 하는 듯이 구는 게 불쾌했다. 장난이라면 하나도 재미없다고 대답하려는데, 그 애의 눈동자에 어떤 장난기도 어려 있지 않아서 차마 그렇게 말할 수 없었다.

권다경은 최대한 아무렇지 않게 제 이름을 말했다. 그

애는, 자신을 서별이라고 소개했다. 그 이름을 처음 들은 건 아니었으나 그 애의 이름을 직접 입에 올리는 애들은 거의 없었다. 그리고 그 이유를 모르는 몇 되지 않는 이 중 하나가 권다경이었다.

'신경 쓰지 말자. 난 그냥 방 탈출을 하러 온 거야.'

두 사람은 조심스레 교실의 앞문을 통해 안쪽으로 발을 내디뎠다. 쾅 소리와 함께 교실 문이 닫혔다. 교실은 어제까지만 해도 수업하던 공간이라고는 믿기 어려울 정도로 화려하게 꾸며져 있었다. 온 사방이 조화와 가짜 덤불로 가득했다. 교실을 여러 방으로 분리해 놓아서 보통 교실보다 좁게 느껴지기도 했다.

스피커에서 바이올린 소리가 흘러나왔다. 고즈넉한 오후를 떠올리게 하는 느릿하면서도 편안한 음색이었다. 방 탈출 테마의 이름은 '비밀의 화원'이었다. 동명의 동화를 바탕으로 창작한 테마였다. 참가자들은 동화의 설정에 맞게 크레이븐 저택에 갇힌 손님이 되어 제한 시간 삼십 분 동안 정원에 숨겨진 출구를 통해 저택을 나갈 방법을 찾아야 했다.

방 탈출 참가자들에게 주어진 안내문에는 두 문장만이 적혀 있었다.

나가기 위해서는 모든 진상을 알아야 한다. 정원은 왜 폐쇄됐으며, 이곳에 자물쇠를 건 이는 누구인가.

권다경은 동화의 줄거리를 알고 있었다. 크레이븐 저택에 있는 이 정원은 크레이븐 부인이 생전에 좋아하던 장소였다. 그러나 부인은 나무에 올라 책을 읽다가 가지가 부러지는 바람에 떨어져 죽었고, 크레이븐 씨는 슬픔을 견디지 못하고 정원을 잠그고 저택 열쇠를 어딘가에 묻었다.

바닥을 살피니 한가운데에 카드가 떨어져 있는 게 눈에 들어왔다. 권다경은 그걸 주워 서별에게 보여 주었다.

"이거 봐."

카드의 뒷면에는 새의 발자국이 꼭짓점을 향해 나아가는 그림이 그려져 있었다. 그 반대편 구석에는 크레이븐 씨의 서명이 있었다.

"뭐라고 적혀 있어?"

"'오직 진실에 다다른 사람만이 이곳을 나갈 수 있다. 정원에 들어가는 법은 저택의 초상화에 묻고, 이곳을 나가는 법은 울새에게 물어라'라고 적혀 있어."

서별은 그 말을 듣고 벽을 뒤덮은 가짜 덤불을 걷어 냈다. 그 뒤에는 원목 무늬의 시트지를 붙인 우드록 문이 달려 있었다. 덤불이 없는 벽 쪽에는 그것보다 좀 더 큰 검은색 문이 있었다. 검은색 문에는 비밀번호로 푸는 자물쇠가 걸려 있었다. 권다경은 카드를 더 자세히 살폈다. 카드의 아래쪽에는 나침반이 작게 그려져 있었고, 나침반 동서남북 화살표에는 각기 다른 꽃이 그려져 있었다. 덤불 위에 핀 꽃은 북쪽에 그려진 꽃 그림과 똑같은 색이었다.

'사방의 벽에 있는 꽃의 개수가 비밀번호 자릿수고, 나침반에 그려진 화살표가 입력하는 순서라면……'

권다경의 추측은 다행히 정답이었다. 자물쇠가 풀리자 자연스레 문이 열렸다. 그 너머로 탁자와 책장 그리고 카드에서 언급한 초상화가 눈에 들어왔다. 금발과 청회색 눈이 인상적인 미인의 초상화였다. 권다경은 초상화를 낱낱이 뒤져 보았으나 특별한 점은 발견하지 못했다. 서별은 뒤에 조금 떨어져서 그 모습을 멍하니 보다가 나지막이 한마디 내뱉었다.

"시선이 책장을 향해 있어."

권다경은 그걸 듣자마자 책장을 향해 다가갔다. 책장에는 낡은 느낌이 잔뜩 나는 책이 빽빽이 꽂혀 있었다. 그 사이에 유난히 눈에 띄는 책 하나가 권다경의 시선을 사로잡았다. 두껍고 큰 다른 책들과 다르게 한 손에 잡힐 정도로 작은 수첩이었다.

"릴리어스 크레이븐……. 초상화에 쓰인 이름이랑 똑같아! 이게 크레이븐 부인의 일기인가 봐."

수첩을 펴자 찢어진 종잇조각 하나가 눈에 들어왔다. 종이 위에는 고급스러운 글씨체로 크레이븐 부인이 쓴 듯한 글이 적혀 있었다.

아치도 나도 이 정원을 무척이나 좋아해요. 얼마나 고마운지 몰라요. 이 정원이 영원히 우리 곁에 있었으면 해요.

서별은 탁자 쪽을 샅샅이 뒤졌다. 탁자를 둘러싼 의자에 자그맣게 이름이 새겨져 있었다. 에이허브, 히스클리프 그리고 아치볼드. 서별은 아치볼드라는 이름을 제외한 다른 두 이름을 『비밀의 화원』에서 본 기억이 없었다.

"뭘 그렇게 뚫어지게 봐?"

"의자 뒤에 이름이 새겨져 있어서. 여긴 크레이븐 씨의 방인 것 같아. 아치볼드는 크레이븐 씨의 이름이거든."

"그런 것도 알아?"

권다경은 신기하다는 눈빛을 감추지 않고 서별을 가만히 쳐다보았다.

"이 동화 좋아하거든. 둘만 아는 공간이라니 낭만적이잖아."

그 말에 이상하게 기시감이 느껴졌다. 서별이 그 말을 하고 나서 잠깐 정적이 흘렀다.

"둘만?"

"아, 아니네. 주인공들만 해도 이미 셋인데 왜 둘이라고 생각했지?"

"크레이븐 부부를 떠올려서 그런 거 아냐?"

수첩의 다른 페이지에도 똑같은 글씨체로 글귀가 적혀 있었다. 그 내용은 크레이븐 부인이 최근에 읽은 책에 관한 것이었다.

"여기 크레이븐 부인의 사망 소견서가 있어. 사인은 추락사고, 책을 읽다가 떨어져 죽었다고 되어 있네. 원작이랑 똑같아."

권다경은 그 말을 듣자마자 열쇠가 어디 있는지 알 것 같았다. 죽기 직전까지 읽고 있던 책. 거기에 크레이븐 부인이 가지고 있던 열쇠가 숨겨져 있을 것이다. 권다경은 수첩을 찬찬히 읽으며 숨겨져 있는 패턴이 뭘지 열심히 추론했다.

"아, 알았다! 크레이븐 부인은 날짜에 따라 특정 위치에 있는 책을 읽었어! 사망 소견서에 적힌 사망 일자와 대입해 보면……."

수첩 바로 옆에 있던 『폭풍의 언덕』이라는 책이 눈에 띄었다. 책은 표지만 만든 건지 책이라기보다는 상자에 가까웠다. 그 안을 살피자 자그마한 열쇠가 눈에 들어왔다. 열쇠를 찾아 신난 권다경과 달리, 서별은 뭔가 떠오른 게 있는지 입가에 손을 가져다 댄 채 곰곰이 생각에 잠겼다.

"이제 정원에 들어갈 수 있어!"

서별이 무어라 덧붙이기도 전에, 권다경은 쏜살같이 정원 입구를 막은 문으로 향했다. 끼익 소리와 함께 문이 열리자 화려하게 꾸며진 모형 정원이 눈에 들어왔다. 한가운데 자리 잡은 고목을 중심으로 천으로 만든 장미가 가득했다. 고작 축제 한 번을 위해 만들었다는 게 믿기지 않을 정도로 화려했다. 고목 주변은 스티로폼으로 만든 가짜 흙으로 둘러싸여 있었다. 권다경은 반사적으로 흙을 손으로 헤치며 열쇠를 찾으려 했다. 그러나 서별은 아리송하다는 얼굴로 주변을 둘러볼 뿐이었다.

"이상해, 정원이 생각했던 것보다 너무 좁아. 이것보다 두 배는 클 줄 알았는데 말이야."

문득 한 가지 가능성이 권다경의 머릿속에 퍼뜩 떠올랐

다. 아직 숨겨진 공간이 있을지도 모른다는 가능성이었다.

제한 시간이 거의 다 되어 가는데도 열쇠는 도무지 보이지 않았다. 설마 이렇게 끝나나 싶던 그때, 서별이 조심스레 입을 열었다.

"잠깐만."

"응?"

"우리, 왜 정원이 잠겼는지만 알아냈지 누가 잠갔는지는 알아내지 못했잖아."

"그거야 크레이븐 씨가……."

그제야 정원을 닫은 열쇠는 당연히 정원 밖에 있을 거라는 생각이 들었다. 권다경은 자신이 정원이 아닌 크레이븐 씨의 서재를 뒤져야 한다는 걸 깨달았다. 아까와 똑같은 서재였지만, 권다경은 정원에서 한 가지 사실을 알아챘다. 어딘가 숨겨진 공간이 있다는 걸. 그리고 위치상 그 공간이 있을 만한 곳은 책장 뒤쪽이었다.

두 사람이 함께 힘주어 책장을 옆으로 밀자 드레스룸이 나타났다. 수납장마다 옷의 주인으로 보이는 사람들의 이름이 적혀 있었다. 두 사람은 아치볼드라는 이름을 찾기 위해 그곳을 낱낱이 뒤졌고, 마침내 가장 구석에 있던 크레이븐 씨의 수납장을 찾았다. 그러나 수납장 어디에도 열쇠는 없었다. 옷에 달린 주머니까지 뒤져 봤지만 마찬가지였다.

"왜 없지?"

권다경은 당황스러움을 숨기지 못하고 다시 수납장을 뒤졌다. 반면 서별은 평정을 잃지 않고 생각에 잠겼다. 고작 삼십 분도 지나지 않아서 권다경은 서별의 무표정이 익숙해졌다. 이제는 어떤 아이디어를 떠올릴지 기대감마저 들었다. 그리고 서별은 그 기대를 배신하지 않았다.

"실수했네. 출구의 열쇠는 울새가 안다고 했어, 크레이븐 씨가 아니라."

"뭐? 하지만 정원을 잠근 건 크레이븐 씨잖아?"

"원작은 그렇지. 하지만 여기서는 아닐 수도 있잖아. 아까 본 카드 기억해?"

크레이븐 씨의 서명과 그 반대편으로 걸어가는 새의 발자국. 권다경이 미처 행동하기도 전에 서별은 크레이븐 씨의 수납장을 등지고 걸어갔다. 그 끝에는 고급스러움이라고는 찾을 수 없는 낡은 나무 서랍장이 있었다. 맨 위의 서랍을 열자 찢어진 종이가 나왔다. 서별은 종이를 들어 살피더니 갑자기 다른 화제를 꺼냈다.

"아까 크레이븐 부인의 일기에서 떨어진 쪽지 기억나? 얼마나 고마운지 모른다는 말이 있었잖아. 크레이븐 씨에게 하는 말이라기에는 조금 어색해. 다른 누군가에게 하는 말이면 몰라도."

서별이 꺼낸 종이의 글씨체는 아까 본 필체와 상당히 비슷했다. 권다경은 수첩에서 꺼낸 조각과 서랍의 종잇조각의 찢어진 부분을 이어 붙였다. 두 조각이 정확히 맞물렸다. 그제야 완전한 내용이 드러났다.

아치도 나도 이 정원을 무척이나 좋아해요. 얼마나 고마운지 몰라요. 이 정원이 영원히 우리 곁에 있었으면 해요. 그러니 지금처럼 이 정원을 지켜 줘요. 새로 씨앗을 심을 때가 왔네요. 앞으로도 잘 부탁해요.

최고의 정원사에게, 릴리어스 크레이븐 드림

서별은 바로 아래 서랍을 열었다. 그곳에는 정원사의 것으로 보이는 멜빵 바지가 개켜져 있었다. 주머니 위로 울새 자수가 놓여 있었고, 그 안에는 작은 헝겊으로 감싸인 씨앗이 있었다. 그 씨앗으로 뭘 해야 하는지는 너무나 명확했다. 두 사람은 누가 먼저랄 것도 없이 정원을 향해 달려가 파헤친 스티로폼 흙 한가운데에 씨앗을 집어넣었다.

덜컹 소리와 함께 벽만 있던 곳에 빛이 들어왔다. 교실

뒷문이 있는 곳이었다. 씨앗을 심은 걸 확인하면 밖에서 열어 주는 방식인 듯했다.

교실 밖으로 나서자, 아까 본 6반 학생이 쥐고 있던 스톱워치를 둘 앞에 들이밀었다.

"축하해! 삼 분 남기고 탈출했네."

권다경은 겨우 탈출했다는 생각에 기뻐서 주저앉을 뻔했다. 그러나 여전히 한 가지 의문이 머릿속에 맴돌았다. 왜 크레이븐 씨가 아닌 정원사가 열쇠를 가지고 있었을까. 다음 사람도 들어가야 한다는 말에 얼른 자리를 비켰지만 찝찝함은 가시지 않았다.

두 사람은 복도의 갈림길에 다다를 때까지 함께 걸어갔다. 서별은 개운하지 못한 권다경의 표정을 읽기라도 한 건지 얼른 설명을 덧붙였다.

"정원을 폐쇄한 사람이 정원사야."

"그래? 크레이븐 씨가 아니라?"

"아까 의자에서 본 이름들 기억나? 에이허브와 히스클리프. 원작에는 없는 이름이라 헷갈렸는데 어디서 봤는지 중간에 생각났어."

조곤조곤한 목소리가 귀에 쏙쏙 들어왔다. 울새가 말을 한다면 이런 느낌일까. 권다경은 저도 모르게 그 설명에 바짝 귀를 기울였다.

"『폭풍의 언덕』의 히스클리프 그리고 『모비 딕』의 에이허브. 둘 다 작품 속에서 복수를 목표로 하는 인물이야. 그런 인물들이 전용 의자까지 있을 정도로 크레이븐 씨와 가까이 지냈다는 건, 이 방 탈출 게임의 크레이븐 씨도 비슷한 생각을 가졌다는 거겠지."

말하는 내내 서별의 눈동자가 반짝였다. 권다경은 그 순간 자신이 복도를 걷고 있다는 사실조차 잊었다. 아직도 정원을 누비는 기분이었다.

"그럼 크레이븐 씨가 생각하는 복수의 대상은 누구야?"

"아내의 목숨을 앗아간 정원이었겠지. 그래서 내 생각에는 정원사가 크레이븐 씨로부터 정원을 지키려고 저곳을 폐쇄한 것 같아."

대화를 나누는 동안 권다경과 서별은 앞을 신경 쓰는 대신 서로를 빤히 바라보고 있었다. 서별은 살짝 눈을 크게 뜨더니 반대편으로 갑자기 고개를 돌리며 말을 바꿨다.

"물론 이건 내 해석일 뿐이야. 그 이름들 말고는 크레이븐 씨가 정원을 망가뜨리려 했다는 증거가 없으니까."

"아냐, 네 말이 맞는 것 같아."

익숙함이 사라지지 않았다. 누군가와 이런 식으로 대화

한 적이 있었던 것 같은데. 권다경은 자신이 책 이야기만으로 몇 시간이나 수다를 떨 수 있다는 사실을 알고 있었지만 그걸 깨닫게 된 계기가 도무지 떠오르지 않았다.

그러나 한 가지는 확신할 수 있었다. 서별과 이야기하는 거라면 온종일 책 한 권으로도 다양한 이야기를 나눌 수 있을 것 같았다.

방 탈출 이후로 두 사람이 가까워지는 일은 없었다. 그러나 권다경은 그날 이후 서별이 자꾸만 시야에 들어왔다. 특히 서별이 혼자 있을 때는 더욱 그랬다. 홀로 있어도 서별은 외로워 보이지 않았다. 늘 무언가를 그리거나 읽는 것에 몰두하고 있었으니까.

권다경은 그 옆에 자신이 앉아 있는 모습을 상상하다가 제정신이 아니구나 싶어 고개를 저었다.

## 4. 기억이 버리고 간 것들

 권다경은 나름 누군지 숨기겠다고 끝까지 서별을 그 애라고 부르며 제 이야기를 전했다. 긴 이야기를 들은 후의 내 감상은 간단했다.
 '망했다.'
 대체 과거의 나는 무슨 생각으로 일 처리를 이런 식으로 한 걸까. 과연 내가 처리한 일이 맞을까. 내 기억이 군데군데 비었다는 걸 확신한 날 이후로 머릿속이 평화로운 적이 없었다.
 "그래서, 네 말은 걔만 보면 말을 걸고 싶어지는 게 이상하다는 거야?"
 "단순히 말하자면 그렇지. 근데 그냥 친해지고 싶다는 마음이랑은 조금 달라. 그것보다는 그래야만 할 것 같다는 기분이 들더라고."

그래야만 한다니. 하긴 기억을 잃기 전 두 사람은 매일같이 이야기를 나눴다고 했다. 그게 습관으로 남은 건가.

"그럼 그 뒤로 말은 한 번도 안 해 본 거야?"

"응."

"축제 때면 삼 개월은 더 지난 일이잖아?"

"걔가 혼자 있을 때는 도무지 방해할 엄두가 안 나고, 친구들이랑 있을 때는 차마 말을 못 걸겠더라고."

권다경은 목덜미를 붙잡고 고개를 푹 숙였다.

"아무튼 내가 하고 싶은 말은 내가 왜 그 애한테 말을 걸어야만 할 것 같은 기분이 드는지 모르겠다는 거야."

'말을 걸고 싶은 이유가 어디 있어, 걸고 싶으니까 거는 거지.'

예전이라면 그렇게 말하고 끝냈을 것이다. 내가 고민 상담부에서 배운 건 자신의 진짜 고민을 본인도 잘 모를 수 있다는 사실이었다. 고민은 겉보기와 달라서 뭐가 숨겨져 있는지 찬찬히 알아내야 한다. 단순히 대화가 고픈 게 아니라면 권다경은 그 애, 서별과 대화를 나누고 싶은 것이다. 이미 알고 있는 정답을 모른 척하며 권다경을 대하려니 여간 골치가 아픈 게 아니었다.

"방 탈출 때의 이야기를 더 나누고 싶은 건 아니고?"

"꼭 그때 이야기가 아니어도 상관없어."

"얘기를 들어 보면 둘 다 책을 좋아하는 것 같던데, 관심사가 비슷해서 얘기하고 싶은 거 아닐까?"

권다경은 잠깐 멈칫했지만 찜찜함이 가신 것 같지는 않았다.

"그 점이 싫진 않지. 근데 우리 학교에 책 좋아하는 사람이 없는 것도 아니고, 정말 그런 이유였다면 방 탈출을 만든 학생을 찾아갔겠지."

아무리 모호한 말만 늘어놓아도 정답에서 멀어질 기미가 보이지 않았다. 물론 상담은 해답을 제시해 주는 게 아니라 길을 찾도록 도와주는 것뿐이라는 걸 너무나 잘 알았다. 상담을 해 줘도 답을 찾지 못하는 사람이 있고, 들어 주기만 해도 알아서 고민을 해결하는 사람이 있다. 고민이 해결될지는 결국 당사자의 손에 달린 거니까.

"그 애한테만 그런 걸 느낀다는 건, 걔가……."

그때 벌컥 소리와 함께 문이 열렸다. 거기에는 멋쩍은 듯 미소를 지으며 어색함을 무마하려는 혜성이 있었다.

"미안, 아무도 없는 줄 알았어. 방학 동안 동아리 활동을 따로 한 적이 없어서."

"방학 때는 원래 상담 안 받는 거였어? 미안해, 난 그런 줄도 모르고……."

지금만큼은 때맞춰 들어온 혜성이보다 더 고마울 수가 없었다.

"아냐, 괜찮아. 방학 때도 운영하냐고 물어봤잖아. 그리고 방학이라고 일부러 안 한 건 아냐. 그냥 상담을 신청한 학생이 없을 뿐이지."

"그래도 부담 준 것 같아서 미안하네."

혜성은 잠깐 눈치를 살피더니 권다경의 맞은 편이자 내 옆자리에 앉았다.

"괜찮으면 나도 같이 상담해 줘도 괜찮을까?"

권다경은 어색하게 웃으며 손사래를 쳤다.

"아냐, 마침 거의 끝난 참이었어. 먼저 일어나 볼게."

"또 얘기할 게 생기면 편하게 와."

"고마워."

권다경이 나가기 무섭게 나는 혜성을 향해 시선을 홱 돌렸다.

"무슨 생각으로 같이 상담해 주겠다는 거야? 그리고 너, 사실 다 들었지? 권다경 고민이 뭔지."

앙금이 남아서인지 아니면 혜성의 뻔뻔함이 짜증 나서

인지 말투가 절로 퉁명스러워졌다. 혜성은 나를 빤히 바라보더니 싱긋 웃으며 속을 뒤집어 놓았다.

설마 권다경과 서별 사이에 있었던 일을 까먹기라도 한 건가. 혜성이 그 정도로 멍청하지는 않다. 아니, 멍청하다는 말과는 한참 거리가 멀다.

"원래 막으면 막을수록 더 하고 싶어지는 법이야. 그럴 바에는 그냥 빨리 말을 걸게 하는 게 낫지."

"그러다 이상한 걸 깨달으면?"

"한쪽만 기억이 남은 거면 몰라도 둘 다 기억이 없는 상태잖아. 그리고 이미 방 탈출까지 같이했다며."

"정말 다 들었구나."

"한참 전부터 앞에 있었는데, 네가 곤란해 보이길래."

저런 식으로 말하니 할 말이 없었다. 그런데 그 말을 하는 혜성의 표정이 영 어두웠다.

"그래서 정말로 앞으로는 나 상담 안 해 줄 거야?"

"응."

"매정하네."

"내가 하고 싶은 말이야. 수십 번 상담했는데 아직도 털어놓을 생각이 없다는 게 나로서는 도무지 이해가 안 되는 일이거든."

사실 정말로 이해가 안 되는 건 아니었다. 왜냐하면 나도 혜성의 제안을 번번이 거절하고 있었으니까. 내 속내를 자세히 알려 주고 싶지 않았다. 우리는 서로에게 비밀을 보여 주는 게 두려운 것이다. 하지만 혜성의 비밀은 혜성의 것만이 아니지 않은가. 혜성이 진실을 말해야만 내 앞을 흐릿하게 가로막는 안개가 걷힐 터였다.

"말할 생각이 없다면 지금이라도 그렇다고 말해."

답답한 것보다는 차라리 확실한 게 나았다.

너는 과연 내 앞의 안개를 사라지게 해 줄까. 그걸 알면 체념이든 발악이든 할 수 있을 텐데.

혜성은 내 말을 듣고 당황한 것 같았다. 문득 나는 묘한 승리감을 느꼈다. 방금까지 짓던 여유로운 웃음이 흔적도 없이 사라졌다. 한참 침묵이 흐르다가 오늘 들은 것 중 가장 의미 있는 대답이 돌아왔다.

"기한을 정하자."

"기한?"

"곡우가 오기 전에는 무조건 말해 줄게, 네가 알아야 할 모든 걸 말이야."

설마 절기로 날짜를 댈 줄이야. 혜성은 가끔 이상한 시점에서 애늙은이 같을 때가 있었다. 곡우면 대충 4월 중반

쯤이다.

"만약 그때까지 네가 말해 주지 않는다면?"

"무슨 대가든 치를게."

"내가 뭘 요구할 줄 알고?"

"절대 그럴 일 없다는 뜻이지."

혜성의 얼굴에 다시 웃음이 일었다. 그 모습을 보니 기분이 좋아야 할지 나빠야 할지 감이 오지 않았다. 혜성이 갑자기 자리에서 일어나 책상에 한 손을 짚고 성큼 내게 다가왔다. 가까워진 거리에 훅 압박감이 들었다.

"이제 화 풀 거야?"

"화난 적 없는데."

"아까 날 피하는 게 너무 티 나던데."

"그런 거 아니야. 그냥……. 그래, 화났다고 치자."

"그럼 그 전까지는 나 상담해 줄 거지?"

"네가 나를 상담해 주겠다는 소리만 안 하면."

그 대답을 듣고 난 뒤에야 혜성은 내게서 한 발짝 멀어졌다.

"너 혹시 소원이 못 봤어?"

"윤소원? 글쎄, 종일 안 보이기는 하더라."

혜성이 내 골치를 썩이는 것 정도야 예상 가능한 일이었다. 그러나 일 년 가까이 되는 시간 동안 소원이 의뭉스러운 모습을 보이는 일은 손에 꼽았다.

"윤소원은 왜?"

"아까 보니 표정이 안 좋아서. 어디 아프기라도 한 건가."

"뭐 짐작 가는 건 없고?"

나는 그 말을 듣고 급식실에서 있었던 소원과의 대화를 천천히 되새기다가 악몽이라도 꿨냐는 내 말을 듣고 겁에 질린 듯 떠나던 소원의 모습을 떠올렸다.

"나 먼저 가 볼게."

"어디 가?"

"소원이 방 좀 찾아가 보게."

\* \* \*

혜성은 세월이 자신에게 상냥하게 구는 것도 좋지만 방금처럼 쏘아붙이는 쪽이 오히려 기꺼웠다. 자신을 책 도둑으로 몰던 첫 만남이 떠올라서였다. 그때의 혜성은 모든 게 제 손안에 있다고 착각했다. 세월의 무감정한 눈빛에 자신이 애틋한 감정을 품게 될 날이 올 줄 몰랐으니까.

그때 문 두드리는 소리가 들렸다. 세월이 돌아왔다기에는 그 소리가 너무 정중했다. 혜성은 문 쪽으로 성큼 다가가 벌컥 문을 열었다. 그 앞에 선 서별을 세월이 봤다면 아마 놀라 까무러쳤을지도 모른다.

"임혜성? 혹시 세월이는 안에 없어?"

혜성이 서별을 마주하는 건 기억을 지운 이후로 처음이었다. 그 후에도 서별이 세월에게 종종 상담을 받았다는 것 정도만 들어서 알고 있을 뿐이었다.

"방금 나갔어, 왜?"

"방학 때도 상담하는지 궁금해서 찾아왔어. 상담하고 싶은 게 있어서."

혜성은 그 말을 듣고 잠깐 고민하는 시늉을 했다.

"내가 상담해 줘도 될까?"

"네가?"

"세월이는 최근에 맡은 상담이 있어서 바쁘거든. 너만 괜찮으면 내가 상담해 줄게."

"그래, 뭐 그렇게 거창한 고민은 아니니까."

서별은 권다경이 방금 앉았던 의자에 자리를 잡았다. 혜성은 빈 상담 일지를 꺼내 기록할 준비를 마치고 다시 입을 열었다.

"고민이 뭔데?"

"나 혼자 착각하고 있는 걸 수도 있긴 한데…… 어떤 남자애가 나를 계속 노려보는 것 같아서."

그 말에 펜을 쥔 혜성의 손이 잠깐 떨렸다. 다행히 서별이 눈치챌 정도는 아니었다.

"친한 사이는 아닌가 보네?"

"응, 예전에 축제 때 우연히 방 탈출 게임을 같이한 적 있어. 그게 다야."

"그래서 귀찮아?"

평소 사람을 대할 때의 가식도, 세월을 대할 때 저절로 나오는 상냥함도 묻어나지 않는 말투였다. 무심코 튀어나온 건 아니었다. 자기도 모르게 내린 결심에 어울리는 태도가 드러난 것뿐이었다.

"그건 아니고……."

"모르는 애가 계속 노려본다며. 그게 불편해서 고민이라는 건 줄 알았는데."

"이렇게 말하면 좀 이상해 보일 수 있는데, 걔를 어떻게 대해야 할지 모르겠어."

혜성의 눈이 번뜩 빛났다. 혜성과 눈을 마주하고 있던 서별은 순간 혜성의 눈동자에서 붉은빛을 보았으나 잘못

보았나 싶을 정도로 금세 사라졌다.

"차라리 먼저 말을 걸까도 싶어. 걔도 무슨 말을 하고 싶어 하는 것 같은데 도무지 다가오지를 않으니까."

이대로 두 사람을 만나게 하면 무슨 일이 일어날까. 작년 봄처럼 서로 가까워질지, 아니면 그저 그런 사이로 남을지 호기심이 피어올랐다.

"말 걸어 봐도 좋을 것 같은데."

혜성은 차라리 자신도 세월과의 기억을 모두 잊은 상태로 다시 만나면 어떨까 상상해 봤다. 아무것도 모른 채 그때처럼 뻔뻔하게 굴면 과거와 똑같은 기억을 쌓아 갈 수 있을까.

"일단 이야기해 봐야 다음 단계를 고민하든지 말든지 하니까."

"다음 단계?"

마침 곧 봄이었다. 괴물의 모습으로 세월을 마주했던 계절이다. 그날 모든 걸 밝힌다면 그때처럼 지낼 수 있을지 모른다는 허무맹랑한 기대가 들었다.

"그 뒤는 생각 안 해 봤어? 걔가 너한테 할 말이 뭘지 궁금하지 않아?"

"궁금하긴 하지만 그렇다고 미리 알 방법이 있는 것도

아니니까……."

"벌써 단서가 있잖아. 정말 단순히 할 말이 있는 것뿐이라면 그렇게 망설이진 않겠지. 너한테 다가와서 말을 건네면 끝나는 일인걸."

혜성은 서별과 권다경의 관계에서 자신과 세월의 모습을 보았다. 한쪽의 잘못으로 함께한 시간을 잃어버렸다는 점이 그랬다. 혜성과 세월 중에서는 잘못한 쪽이 혜성이라면 이 두 사람 사이에서는 서별이었다. 그러나 두 관계는 결정적인 점이 달랐다. 서별에게는 죄책감이 없었다. 자신이 잘못한 기억조차 전부 혜성이 잡아먹었으니까.

"하나 묻자. 너는 왜 망설이고 있는 거야?"

"망설이다니?"

"노려보는 이유를 따져 물을 수도 있잖아."

혜성은 기억이 없는 두 사람에게도 무슨 일이든 일어나기를 바랐다. 기억을 지웠다고 해서 모든 게 사라지지는 않았기를 바랐다.

그러나 그것이 불가능하다는 걸 알았다. 서별과 권다경 사이에는 아무런 일도 일어나지 않을 거라며 세월을 안심시킬 때, 혜성은 쓰린 속을 억지웃음으로 겨우 견뎠다. 그래서 그는 서별에게 자신이 가진 것과 같은 것을 쥐여 주기로 마음먹었다. 진실을 아주 조금만 밝히면 자신의 정체를 들킬 위험도 없다.

"네가 여기 처음 온 게 언제인지 기억나?"

"기억하지. 세월이한테 상담받기 시작한 게 작년 봄이니까, 이제 거의 일 년이 다 되어 가네."

"무슨 일로 상담받으러 왔는지도?"

"별로 말하고 싶지 않은 일인 거 너도 알잖아."

혜성은 작년 봄에 작성한 상담 일지를 꺼내 펼치더니 그 내용을 눈으로 쓱 훑었다. 일부러 마른침을 삼키고는 조심스러운 목소리로 말했다.

"상태가 괜찮아졌다니까 말인데, 이제는 너한테 말해 줄 때가 된 것 같아."

"뭐를?"

"네가 잃어버린 기억이 있다는 사실 말이야."

세월이 지금 이 모습을 본다면 혜성의 멱살을 잡고도 남았을 것이다. 하지만 혜성은 이렇게 해서라도 두 사람의 결말을 보고 싶었다. 선의도 악의도 아니었다. 어떻게든 다음 장으로 넘기고 싶은, 이야기를 향한 욕구 그 자체였다.

"너는 죽을 뻔한 직후 누군가에 대한 기억을 잃어버렸어. 그 누군가는 네가 쓰러진 걸 보고 신고한 목격자고."

서별의 눈의 초점이 흐려졌다 다시 또렷해지기를 반복했다.

"그게 혹시 권다경이야?"

혜성은 아무 대답이 없었다. 마치 아무것도 모른다는 듯한 혜성의 얼굴은 서별의 마음을 무너뜨리기 충분했다.

"말도 안 돼……."

"아, 오해하지 마. 권다경은 네가 그런 시도를 한 것조차 기억 못 하니까."

"뭐?"

"걔도 너에 대한 기억을 잃었거든."

서별은 그 말을 듣자마자 자리에서 벌떡 일어났다. 제정신이 아닌 사람처럼 비틀거리며 느리게 문을 향해 나아갔다. 혜성이 여유롭게 걸어도 순식간에 서별을 앞질러 문 앞을 가로막았다.

"사과해야 해."

"괜찮겠어? 걔는 네가 무슨 일로 사과하는지도 모를 텐데? 전부 잊어버릴 정도로 피하고 싶던 기억을 다시 떠올리게 하려고?"

서별이 그대로 자리에 주저앉았다. 쿵 하는 소리가 사방에 울렸다. 충격이 꽤 커서 아플 텐데도 서별의 시선은 제

몸이 아닌 허공을 향했다.

잠깐 정적이 흐르는 동안 혜성은 문에 기댄 채 서별이 일어나기를 기다렸다. 손을 내미는 친절을 건넬 수도 있었지만 여유를 보여 주는 데는 이쪽이 더 어울릴 거라고 생각했다. 서별은 얼른 몸을 일으켜 매무새를 정돈하고 다시 의자에 앉았다.

"미안, 내가 잠깐 흥분했네."

"금방 진정해서 다행이야."

"그건 그렇고, 넌 권다경이 기억을 잃은 걸 어떻게 알아?"

허점을 짚어 내는 걸 보니 금세 이성을 되찾은 모양이었다. 그러나 혜성은 그 허점마저 미끼라는 듯 답안을 유려하게 읊어 냈다.

"걔도 우리한테 상담 왔거든. 기억을 잃은 채로 말이야."

거짓말은 아니었다. 두 번째 상담에서는 기억을 잃은 채였으니까. 진실은 어디까지 드러내느냐에 따라 전혀 다른 이야기로 변모했다. 혜성이 권다경의 기억을 지웠다는 사실만 빼도 순식간에 맥락이 바뀌었다. 혜성은 그걸 이용했다. 잘못임을 알고 있음에도 말이다.

"원래는 끝까지 말해 주지 않을 생각이었어. 네가 권다경과 다시 마주치지 않았다면 말이야."

혜성은 문으로부터 물러나 원래 앉아 있던 자리로 걸어갔다.

"하지만 둘이 한 번 만난 이상 너라도 알아야 할 것 같아서."

저벅거리는 발걸음 소리가 또렷이 울렸다. 초침 소리처럼 일정하고 느릿한데도 어딘가 조급하게 느껴졌다. 혜성이 말하는 속도가 걸음과 정확히 맞물렸다.

"그냥 염두에 두라고 말하는 거야."

"더 이상 다가가지 말라는 거잖아, 아니야?"

돌아오는 말이 날카로웠다. 혜성은 아랑곳하지 않고 의자에 앉아 가벼이 대답했다.

"내가 준 건 정보지, 권유가 아니야. 권다경에게 다가갈지 말지는 네 선택이지."

실컷 흔들어 놓고 선택지는 네게 달려 있다고 말하는 꼴이었다. 그러니 그다음 말에 서별이 기분 상해하는 것도 당연했다.

"네 마음 가는 대로 해."

허탈한 웃음이 서별의 입가에 나지막이 번져 나갔다. 침묵이 웃음소리로 이어지는 데는 얼마 걸리지 않았다.

"하하, 아니다. 생각해 보니 이상하네. 네 말이 진짜인지 아닌지 어떻게 알아?"

"그럼 방금까지는 왜 믿었는데?"

"네 헛소리가 너무 괴상해서 순간 내 정신까지 나갔나 봐."

서별이 의심에 찬 눈초리로 혜성을 바라봤다. 혜성은 당황하기는커녕 제 옆머리를 검지로 톡톡 건드리며 질문을 던졌다.

"작년 초에 혼자 시간을 자주 보냈다고 했지. 그때 보통 뭘 했는지 기억나?"

"뭘 했냐니, 그야……."

혜성은 그 답을 너무나도 명확히 알고 있었다. 서별과 권다경이 보낸 모든 시간은 이제 그걸 전부 먹어 치운 혜성의 것이었으니까.

"언젠가부터 자해를 멈췄잖아. 그 대신 책을 읽기 시작했지. 왜 그렇게 된 건지는?"

"그건……."

혜성은 아무 말이라도 좋으니 서별이 자신의 기억에 없는 권다경과의 관계에 결론 내리는 것을 보고 싶었다. 하지만 이게 딱 적정선이었다. 이제 이 긴 대화를 마무리할 차례였다.

"네가 행복한 결말을 맞이하기를 바라."

서별의 초점이 다시 또렷해졌다. 그 눈빛에 호의가 담기지 않아도 혜성은 괜찮았다. 지금 자신이 하는 말을 서별이 새기기만 하면 됐다.

"진심이야."

그래야 자신에게도 희망이 생길 테니까.

## 5. 활의 끝을 쫓아서

    온 기숙사를 뒤졌지만 소원은 어디에도 없었다. 그동안은 그냥 바빠서 그러겠거니 생각했는데, 돌이켜 보면 며칠간 아예 밤중에 소원을 본 기억이 없었다.

    정신을 차렸을 때는 이미 기숙사를 나와 본관 건물을 향해 걷고 있었다. 낮 동안 쌓인 눈 탓에 뽀드득 소리가 걸음마다 밤공기를 울렸다. 본관 창문은 드문드문 불이 켜져 있었다. 실험실과 교무실은 늦게까지 켜져 있을 때도 많았다. 그러나 음악실 쪽 복도 조명이 켜져 있는 건 꽤 드문 일이었다. 음악실이 있는 4층 복도 구석의 창문 바깥으로 새어 나오는 샛노란 불빛이 시선을 잡아챘다.

    나는 각 층 복도 구석을 잇는 계단을 타고 쏜살같이 4층을 향해 올라갔다. 음악실은 하나가 아니었다. 음악과 관련

된 교실을 음악실로 본다면 우리 학교의 음악실은 관현악부실과 음악 수업 시간에 주로 사용하는 교실 그리고 자율적으로 연습하도록 마련된 연주실까지 총 세 개였다.

관현악부실과 교실의 문은 잠겨 있었다. 혹시나 하는 마음에 연주실 앞으로 다가가자 어쩐지 문 안쪽에서 어수선함이 느껴졌다. 살짝 문을 당기자 끼익 소리와 함께 안쪽에서 불이 새어 나왔다.

막 문을 열었을 때 나를 반긴 건 피아노 앞에 앉아 있는 소원이었다. 소원은 피아노를 치는 대신 곳곳을 살피고 있었다.

"윤소원?"

소원의 고개가 이쪽으로 향했다. 나는 소원을 뚫어져라 쳐다보며 그 앞으로 다가갔다.

"뭐 하는 거야?"

"여긴 어떻게 왔어?"

"기숙사에 없길래 와 봤는데, 이쪽 복도 불이 켜져 있더라고. 이 시간에 연주실에는 무슨 일이야? 너 악기 다룰 줄 아는 거 없잖아."

소원은 입을 꾹 다문 채 시선을 돌렸다. 말해 주지 않으면 직접 알아내겠다는 생각으로 방금까지 소원이 보고 있던 피아노로 다가갔다. 건반을 하나하나 눌러 보고 뚜껑 부분을 살펴도 그저 평범한 피아노일 뿐이었다. 내가 피아노를 통째로 옮기려고 시늉한 뒤에야 소원은 한숨을 내쉬며 다시 입을 열었다.

"밤마다 여기서 바이올린 연주하는 소리가 들리더라고. 아무래도 귀신이 있는 것 같아."

"귀신? 설마."

비현실적인 주장을 너무 갑작스레 들어서 그런지 순간 정신이 멍했다.

"설마라니, 그럼 우리 엄마가 하는 일은 뭔데?"

"내 말은, 귀신이 있다고 생각하는 이유가 오로지 연주 때문이냐는 거지."

"그러면 누가 한밤중에 여기서 바이올린 연주를 해?"

"너는 어쩌다 밤중에 바이올린 연주를 듣게 된 건데?"

소원은 내 마지막 질문은 못 들은 척 가벼이 넘겼다.

"그것 말고는 설명할 방도가 없잖아. 한밤중에 몰래 연주실을 쓰는 건 불가능해."

더 캐물어도 소원에게서 대답을 듣지는 못할 것 같았다. 나는 왜 한밤에 본관을 돌아다녔느냐고 묻는 대신 소원이 돌린 화제를 이어 갔다.

"다른 방법이 있을 거라는 생각도 해 봐야지."

"애초에 웬만한 교실은 야간에 잠가 두잖아. 게다가 연주실은 밖이랑 연결된 창문도 없어."

듣고 보니 소원이 그리 생각할 만도 했다. 무당집 딸이니 귀신이 몰고 오는 기이한 소행에 어느 정도 익숙해 있겠지.

"이해할 수 없다고 해서 무조건 귀신의 짓이라고 생각하는 건 비합리적인데."

"그럼?"

"가능성이야 많지. 누가 깜빡하고 스피커를 켜 놓고 간 걸 수도 있고, 아니면 연주실에 휴대폰을 두고 가서 벨 소리가 울린 걸 수도 있잖아."

소원은 내가 가능성을 나열하는 내내 옆으로 고개를 저었다.

"아냐, 그건 분명 직접 연주하는 소리였어. 설령 그게 귀신이 아니라 해도 누군가 안에 있던 건 확실해."

귀신에게 홀린 건가 싶을 정도로 확신에 찬 목소리에 저절로 한숨이 나왔다. 나는 소원의 양어깨를 붙잡고 최대한 차분한 목소리로 달랬다.

"만약 정말 귀신이라면 혼자 밤중에 돌아다니는 건 위험해."

"이 학교에서 나만큼 귀신을 잘 아는 사람은 없어."

"잘 아는 거랑 위험한 건 달라. 네가 귀신을 무조건 무찌를 수 있는 것도 아니잖아. 저번에도……."

저번에도? 왜 이런 생각이 드는 거지. 나는 소원이 인간 아닌 존재와 싸운 적을 한 번도 본 적이 없는데.

"뭔가 오해하고 있는 것 같은데, 귀신을 무찌를 생각은 아직 없어."

순간 머리를 한 대 세게 맞은 것 같았다. 그렇다면 대체 왜 이곳에서 이러고 있던 걸까.

"장난해? 그럼 뭐, 친구라도 돼 보려고?"

"그냥 알고 싶었어, 그 노래를 연주했던 게 누구였는지 말이야."

애초에 귀신이 문제가 아니라 그 연주 때문에 이곳에 있었다는 뜻인가.

"연주가 대체 어땠길래?"

"모르겠어. 근데…… 계속 듣고 싶었어. 분명 연주실에서 점점 멀어지는데도 노래가 다가오는 것같이 느껴지더라고."

나지막이 덧붙이는 소원의 목소리가 차츰 잦아들었다. 설마 부끄러워하는 건가.

"그래서 단서를 찾으려고 이러고 있었던 거야?"

"응, 악보 같은 거라도 있지 않을까 싶어서."

"무슨 노래였는지는 기억나?"

"대충은. 다음에 다시 듣게 되면 녹음이라도 해 두려고."

소원은 이 일을 지나치게 크게 보고 있었다. 누가 열쇠를 훔쳐서 몰래 연주실에 들어갔다는 게 그나마 현실성 있는 결론이었다.

하나는 확신할 수 있었다. 이 일을 도와줘도 전혀 위험하지 않다는 것이다. 최근 학교에서 불미스러운 일이 벌어진 적도 없었고, 연주 말고 다른 짓을 했다는 이야기도 듣지 못했으니까.

"도와줄게."

"도와준다고? 말릴 줄 알았는데."

"너 혼자 본관에 내버려두는 것보다 낫지."

소원은 멋쩍으면서도 그 말이 기분 좋았는지 배시시 웃었다. 빨리 처리하고 소원을 좀 가만있게 하고 싶었다. 그대로 뒀다가는 불안해서 내가 제 명에 못 살 것 같았다.

"점심 때는 정말 무슨 일 있는 줄 알고 걱정했잖아. 앞으로는 나한테 얘기라도 해 줘."

"미안해, 요즘 정신이 없어. 정말 귀신한테 홀리기라도 한 건가."

"귀신이 아닐 수도 있으니까 속단하진 말고."

"그냥 하는 말이지."

* * *

"아직도 고민 중이야?"

권다경의 룸메이트는 어쩔 줄 몰라 하는 권다경의 표정에서 친구가 아직도 결심하지 못했다는 걸 깨달았다. 요즘 들어 권다경은 누군지도 모를 여자애한테 말 걸지 못해서 한참 골똘해 있었다.

"조금 있으면 개학이잖아. 새 학기 때면 정신없어서 더 말 걸기 힘들어질걸."

권다경은 대답 없이 뒤척이기만 했다. 방 탈출 내내 보았던 서별의 모습이 뇌리에서 떠나지 않았다.

그리고 이내 룸메이트가 방 탈출을 운영한 6반 학생이었다는 걸 떠올렸다.

"저번 축제 때 말인데, 그 방 탈출 누가 기획한 거야?"

"아, 그러고 보니 네가 처음으로 탈출했지."

룸메이트는 맨 처음 탈출자 명단에 쓰인 권다경의 이름

을 떠올렸다. 서별과 권다경이라니. 상상도 못 한 조합이었다. 그동안 권다경이 서별 일을 기억하지 못하는 것 같다고 짐작만 했는데, 그 조합을 방 탈출 게임 때 보고 자신의 짐작을 확신했다.

담당 학생이 서별과 권다경을 같은 팀으로 묶었다는 이야기를 들었을 때는 얘가 제정신인가 싶었다. 그런데 별일 없었던 것도 모자라 둘이서 첫 탈출까지 할 줄은 몰랐다. 충격으로 기억을 잃은 걸까. 룸메이트는 그렇게 가벼이 넘기며 다시 대화를 이어 갔다.

"다른 반에 작가 지망생이 있대서 부탁했지."

"작가 지망생?"

"응, 내용도 좋았는데 진짜 세세하게 잘 썼더라고. 심지어 제안한 조건도 되게 간단했어. 오히려 우리한테 도움이 되는 쪽이었지."

"뭐였는데?"

"자기가 준비한 음악을 배경 음악으로 써 달라는 거였어."

권다경은 그때 들었던 음악을 선명히 기억했다. 편안하고 부드러운 바이올린 연주였다. 녹음한 파일의 음질이 어설퍼서 오히려 낡고 고요한 정원에 더 잘 어울렸다.

문득 서별에게 그때 그 음악 기억하냐고, 우연히 구했는데 같이 듣지 않겠냐고 묻고 싶어졌다.

"혹시 음원 파일 있으면 줄 수 있어?"

"기다려 봐, 바로 보내 줄게."

이윽고 권다경의 휴대폰에 알림음이 울렸다. 얼른 이어폰을 끼고 재생 버튼을 누르자 그때 들었던 배경 음악이 그대로 흘러나왔다. 자연스레 떠오르는 기억에 저절로 미소가 새어 나왔다.

"근데 음원은 왜?"

"서별한테 그 핑계로 말 걸어 보게."

권다경은 실수로 서별의 이름을 말한 자신의 입을 퍽 틀어막았다. 누군지 말하면 서별이 곤란해질까 봐 그동안 일부러 이름은 밝히지 않았다. 흐르지도 않은 음악이 뚝 멈추는 것 같았다. 실수라고 하기에는 너무나도 무거운 정적이 흘렀다.

"내가 아는 서별 말하는 거야?"

"아, 아는 애야? 못 들은 거로 해 줘, 알았지?"

룸메이트는 거기에 어떤 답도 하지 않았다. 다만 불편한 기색은 차마 숨기지 못했는지 권다경은 어리둥절하다는 얼굴로 물었다.

"왜 그래?"

"응? 아, 아니야. 네가 말을 걸고 싶다는 애가 서별이었구나. 몰랐네."

"말할 생각은 없었는데……. 그냥 잊어 주라. 그런데 혹시 걔가 너한테 뭐 잘못한 거 있어?"

"아니, 나는 얘기해 본 적도 없는걸. 좀 피곤해서 먼저 잘게."

\* \* \*

권다경이 부실에 찾아온 건 다음 날 점심이었다. 초조함마저 느껴지는 시간 선정이었다. 만약 상담부 활동이 오전부터 시작했다면 아침 해가 밝자마자 찾아왔을 기세였다.

"물어볼 게 생기면 또 오라며."

물어볼 게 아니라 이야기할 게 있으면, 이라고 했던 것 같은데. 뭔가 떠오른 거라도 있는 걸까. 혹여 내가 입가로 감정을 내비칠까 봐 자연스레 입을 가렸다.

"저번 상담 때 말인데, 왜인진 몰라도 네가 해 준 말이 계속 신경 쓰이더라고. 근데 이젠 이유를 좀 알 것 같아서."

"이유가 뭔데?"

"보통은 그런 이야기를 들으면 그 애한테 감정이 있다고 생각하지 않나? 그 감정이 어느 쪽이든 말이야."

권다경의 시선이 흔들리다 멈추기를 반복했다. 나는 그 눈길을 오히려 똑바로 마주하려 고개를 치켜들었다. 불안해야 할 쪽은 나인데도 말이다.

"어젯밤에 룸메이트 앞에서 실수로 걔 이름을 말했거든. 그런데 뭔가 이상했어. 마치 못 들을 걸 들었다는 표정이었어."

내가 할 수 있는 최선의 답은 침묵이었다.

"말도 안 되는 가정이긴 하지만, 그 가정대로라면 말이 돼. 네가 왜 그런 결론을 내려 하지 않았는지 말이야."

무슨 말을 할지는 이미 알고 있었다. 나올 말을 막을 수는 없기에 가장 자연스러운 대답을 궁리하는 것밖에 할 수 없었다.

"내가 말하는 그 애가 서별인 걸 알고 있었어?"

티 내지 않으려고 간신히 몰래 숨을 삼키고 침착하게 답했다.

"서별인 건 진작에 눈치채고 있었어."

"어떻게?"

"방 탈출에 성공한 사람 명단이 한동안 6반 앞에 게시되어 있었잖아. 몰랐어?"

혹시나 해서 주변에 물어봐 둔 게 다행이었다. 혜성이 대신 알아봐 준 거긴 하지만.

"그건 생각 못 했네. 추궁해서 미안. 서별에 대해서 무슨 이야기가 도는지 모르겠지만…… 룸메이트 반응을 보니 네가 말을 아낀 것도 같은 이유인가 싶더라고."

겉보기에는 잘 넘긴 것 같지만 사실상 상황은 전혀 바뀌지 않았다. 아니, 어쩌면 더 나빠진 걸지도 모른다.

"그런데 아까 네 말대로라면……."

"맞아, 답이 정해져 있는 고민이었지. 너는 그 애가 서별이라서 말을 걸고 싶은 거야."

진실 없이는 권다경을 말릴 수 없었다. 두 사람을 멀어지게 한 진실 말이다.

나는 오래전 작가가 되고 싶다는 상담으로 찾아왔던 김해원을 떠올렸다. 기억은 지운다고 해서 사라지지 않는다. 언젠가 다시 찾아와 온몸을 두드려 대고 파고든다. 그러나 결말은 달라질 수 있다. 전부 포기하고 난 뒤에야 꿈을 되찾은 김해원처럼.

"권다경."

권다경은 끝까지 한 가지는 묻지 않았다. 그 탓에 나는 숨기고 싶었던 진실을 들키기는커녕 말할 틈조차 없었다.

"왜 네 룸메이트가 서별의 이름을 듣고 그렇게 반응했는지는 안 궁금해?"

권다경의 눈꺼풀이 깜빡이기를 멈췄다. 그 질문을 하는 순간까지도 나는 진실을 말하기를 결정하지 못했다.

"서별한테 안 좋은 일이라도 있었던 거야? 지금도 그것 때문에 힘들어하는 거고?"

"아니, 그렇지는 않을 거야. 종종 이야기한 적 있는데 괜찮아 보이더라고."

권다경은 어느새 꼭 모아 쥔 자신의 두 손을 쳐다보며 말했다.

"다행이다."

다행이라는 말을 들으니 맥이 탁 풀렸다. 권다경은 어떻게 자신이 모르는 비밀이 있다는 걸 알면서도, 심지어 그 비밀을 본인만 모른다는 걸 알면서도 다행이라고 말할 수 있는 걸까.

"진심이야? 남들은 다 아는 걸 너만 모르는 건데, 기분 나쁘지 않아?"

혼자 동떨어진 것 같은 기분일 텐데. 혼자 있을 때보다 외로워지고, 감추는 이보다 그걸 모르는 자신이 더 싫어질

게 분명했다.

"그렇기는 하지만 서별의 이야기는 서별 본인한테 들어야지."

그 말에 숨이 턱 막혔다. 그러자 곧장 어제 점심에 소원과 나눈 대화가 떠올랐다. 나는 왜 소원에게 비밀 듣기를 진작에 포기했나. 내가 정말로 원하는 게 단순히 과거에 무슨 일이 있었는지 알아내는 걸까.

혜성과 소원이 숨기는 게 무엇인지는 이미 짐작하고 있었다. 상담 일지에 적혀 있던, 황급히 지운 티가 나는 글자. 이상하리만치 쉽게 기억을 잃은 학생들. 소원이 내게 쥐여준 부적. 마치 나를 옛날부터 알고 있었다는 듯한 혜성의 행동.

내가 언제부터 타인의 감정을 이 정도까지 이해할 수 있게 됐더라. 지난봄의 기억은 대체 왜 선명하지 않은 걸까. 가끔 나를 보는 혜성의 얼굴에서 죄책감이 보일 때, 여전히 내가 감정을 다루는 데 능숙하지 않다는 걸 느꼈다. 그게 정답이라는 걸 왜 그리 외면했을까.

사실 알고 있었다. 혜성이 상담한 사람의 기억을 지운 것처럼 내 기억을 지웠다는 것을. 내가 그것도 눈치채지 못한 줄 알고 불안해하는 혜성을 볼 때마다 생각했다. 얼마나 멍청하게 보였으면 그랬을까.

"권다경, 네 말이 맞아. 내가 멍청했어."

이제야 바라는 게 선명해졌다. 나는 혜성이 직접 비밀을 털어놓기를 바랐다. 모든 걸 하나하나 털어놓지는 않더라도, 자신이 내 기억을 지웠다는 사실만큼은 고백해 줬으면 했다.

나는 명확해진 마음을 뒤로하고 다시 권다경의 말을 경청했다.

"사실 걔한테 어떤 아픔이 있고 무슨 소문이 도는지는 나한테 그렇게 중요한 게 아니야. 내가 궁금한 건 다른 거야."

"뭔데?"

권다경의 얼굴에 희미하게 미소가 어렸다. 간절함도 그리움도 묻어나지 않는 산뜻한 웃음이었다.

"그때 방 탈출은 재밌었는지 평소에 무슨 책을 제일 좋아하는지 같은 거. 네가 말한 것보다는 이런 게 훨씬 궁금해."

권다경의 목소리가 조금씩 두둥실 떠올랐다.

"난 즐거웠거든. 그래서 더 얘기를 나누고 싶었어. 그럼 그때처럼 즐거울까 궁금했고."

나는 두 사람의 사이가 다시 가까워지기 어려울 거라고 생각했다. 그래서 두 사람을 볼 때마다 드는 죄책감에 마음이 무거웠는데, 과거에 사로잡히지 않은 권다경의 표정은 그 무거움을 잊게 했다. 그래서 두 사람에게 다시 찾아올지 모르는 봄이 이번에는 조금 더 오래가기를 나도 모르게 바라게 되었다.

"그럼 결심한 거네? 서별한테 말 걸어 보기로."

"응, 왜 갑자기 나를 모른 척하나 싶어서 조금 망설였지만……. 그건 천천히 알아 가면 되는 문제니까. 와, 털어놓고 나니까 벌써 결심이 서네. 너무 혼자서만 고민했나 봐."

권다경은 가볍게 웃음을 터뜨렸다.

"잘됐네. 말은 어떻게 걸어 보게?"

"내 룸메이트가 6반이라서 방 탈출 때 틀어 준 음원 파일을 받아 왔어. 솔직히 음악이 분위기 잡는 데 한몫했거든. 바이올린 소리가 그렇게 다채로운 줄 처음 알았어."

바이올린이라. 확실히 그때 들었던 방 탈출 테마랑 어울렸다.

"혹시 다시 듣고 싶으면 보내 줄지 물어보려고. 자연스럽게 그때 얘기도 꺼내고."

"좋은 생각이네. 잘되면 알려 줘."

"그럴게."

"실패하면 상의하러 다시 오고."

"너, 처음에는 몰랐는데 은근히 장난기가 좀 있구나."

'장난기가 있다는 말은 또 처음 들어 보네.'

권다경이 터뜨린 것보다는 퍽 짤막한 웃음이 내 입에서도 피식 튀어나왔다.

"농담 아니야."

권다경이 일어나려던 그때였다. 잠깐 잊고 있었던 일이 번뜩 뇌리를 스쳤다.

"잠깐, 바이올린?"

"응?"

"혹시 직접 녹음한 거래?"

"6반 애들이 녹음한 건 아니야. 방 탈출 시나리오를 써 준 애가 있는데 걔가 켰다 하더라고. 근데 정식 음원이라기에는 음질이 그리 좋지 않았어."

"있잖아, 그 파일 나한테 보내 줄 수 있어?"

실마리를 이런 식으로 찾게 될 줄이야. 밤에 바이올린 연주를 들었다던 소원이라면 음원을 듣고 무언가 알아챌지도 모른다.

"보내 줘도 되는지 룸메이트한테 물어볼게. 서별한테는

보내도 된다고 허락을 받았는데 공개적으로는 올리지 말아 달라고 했거든."

"그리고 하나만 더. 그 시나리오 쓴 사람 누군지 알아?"

"이름은 잘 몰라. 근데 룸메이트 말로는 작가 지망생이래. 우리 학교에 작가가 꿈인 애가 있는 줄은 몰랐는데."

거기까지만 들어도 누군지 알 것 같았다.

"알려 줘서 고마워."

\* \* \*

학교 연못 근처는 경사 하나 없는 덕에 멍하니 거닐기 알맞은 곳이었다. 서별은 그곳을 빙빙 돌며 온종일 혜성이 남긴 말을 곱씹었다.

권다경의 시선이 제게 종종 향한다는 사실은 가볍기 그지없는 고민거리였다. 자신이 먼저 말을 걸까 싶었지만 그러지 않아도 그만이었다. 혜성이 속을 온통 뒤집어 놓기 전까지는 말이다.

세월에게 상담을 받기 전, 서별에게는 잠깐 자해를 멈췄던 기간이 있었다. 분명 늘 혼자였는데도 이상하게 그때를 떠올리면 따뜻하다는 기분이 먼저 들었다. 만약 자신이 권다경을 잊어버린 거라면 그 온기가 그 애한테서 온 게 아니었을까.

기둥 사이로 본관과 기숙사 건물을 오가는 학생들이 보였다. 서별은 잠깐 그쪽을 바라보다 마침 이곳을 쳐다보던 누군가와 눈이 마주쳤다. 지금 순간만큼은 제일 피하고 싶었던 사람이 이곳을 향해 달려오고 있었다.

"서별!"

걸어오는 것도 아니고 뜀박질이라니. 그 순간 도망쳐야 하나 고민했다. 혜성에게 들은 게 없다면 뒤도 돌아보지 않고 사라졌을 것이다. 하지만 권다경이 자신을 찾는 이유가 혜성의 말이 전부 사실이고, 그래서 뒤늦게 기억을 떠올리기라도 한 거라면 어떻게 해야 할까.

'그게 정말이라면, 기억을 지워서 미안하다고 사과해야겠지.'

서별에게 작년 봄은 되새기고 싶지 않은 나날이었다. 출처조차 기억나지 않는 온기 같은 건 그때의 슬픔을 가려 줄 정도가 되지 못했다. 그러니 설령 권다경이 그때의 일을 꺼내도 서별이 줄 수 있는 건 진심 없는 사과뿐이었다.

권다경의 목소리가 가까워졌다. 질책하는 기색 하나 없이 가볍고 활기찬 음성이었다.

"음악 좋아해?"

"갑자기 무슨 음악?"

"아, 그게 아니라……. 그때 방 탈출 하면서 들었던 바이올린 연주 기억나?"

그 선율은 서별의 기억 속에도 남아 있었다. 어둑하지만 무섭지 않았던 방 탈출 세트와 잘 어울리는 연주였다. 권다경은 휴대폰을 꺼내더니 음성 파일 하나를 띄워 서별에게 보여 주었다.

"내가 아는 애가 6반이라 음원 파일을 가지고 있더라고. 그때 음악이 너무 좋아서 달라고 했어."

어떻게든 짜냈던 사과의 말은 서별의 머릿속에서 순식간에 지워졌다.

"이걸 받고 나니까 너도 그때 방 탈출 재밌어했던 게 기억나서. 다시 듣고 싶을 수도 있으니까 음원 파일 필요한지 물어보려고 왔어."

연못 주변을 돌며 내내 했던 고민도 어느 순간부터는 까맣게 잊었다.

"나를 찾고 있었어?"

"응, 기숙사에 가 볼 참이었는데 가는 길에 만났네."

"고마워. 나도 그 음악 좋았어. 그때 분위기랑 잘 어울리더라."

"아, 그럼 보내 줄까? 번호 주면 바로 전송해 줄게."

서별은 차마 권다경에게 혜성이 한 말이 사실이냐고 물을 수 없었다. 진짜인지도 모르는 과거에 사로잡히고 싶지 않았다. 그런 선택을 내린 건 고민의 무게에 비교하면 한없이 가벼운 감정이었다.

"나 이어폰 있는데, 지금 같이 듣자."

서별은 사실 그때 이후로도 권다경과 이야기를 나누고 싶었다. 다만 행동으로 옮기기에 마음이 약간 모자랐을 뿐이다. 장애물도 없었지만 그렇다고 등을 밀어 주는 이가 있는 것도 아니었다. 그저 이야기하고 싶다는 생각 탓에 괜히 이상한 방향으로 오해를 받을까 걱정됐다.

그래서 이번에는 깊이 고민하지 않았다. 이제 막 고민으로 피어오르려던 불씨를 활활 타오르게 한 건 혜성의 말이었다. 그새 그 말은 전부 타서 재가 되었는지 마지막으로 남긴 한마디를 제외하고는 어느 것도 남지 않았다.

'네가 행복한 결말을 맞이하길 바라.'

설령 선의로 한 말이 아니라고 해도 그 말이 서별의 등을 떠민 건 변하지 않았다. 어느 하나 제대로 된 진실은 없었다. 다만 서별이 유일하게 확신할 수 있는 건 자신도 권다경처럼 웃고 싶다는 거였다. 어느 하나 걸리는 것 없이 가볍게 웃음을 터뜨리고 싶었다.

서별은 연못 옆 정자의 끄트머리에 앉아 따라 앉으라는 듯 제 옆을 손바닥으로 툭툭 쳤다.

"여기 이어폰."

이 온기가 어디서 온 건지 모르더라도 그 따뜻함이 사라지지는 않는다. 그게 정말 권다경으로부터 온 건지는 이제 중요하지 않았다. 미약하게 느껴지는 봄 공기가 그때의 온기를 닮아 있었다.

봄은 겨울의 그림자를 밟고 천천히 다가온다. 그러고는 금방 사라져 여름을 데리고 온다. 어떤 꽃송이들은 그 여름이 오기도 전에 짓밟힐 때도 있다. 그러나 꽃은 살아 있는 한 몇 번이고 다시 피어난다. 마치 봄이 언젠가 돌아오듯 그리고 다시 여름을 고대하듯 말이다.

## 6. 시나리오의 주인

김해원이 찾아온 건 그날 저녁이었다. 나는 새 학기를 앞두고 도서관에 새로 들어온 신간을 점검하던 중이었다. 일을 끝마치기 직전 도서관 입구에서 인기척이 느껴졌다.

"신간 들어왔어?"

"응, 이번에도 책 많이 신청했더라."

"도서관 아니면 책을 빌릴 만한 곳이 없으니까. 넌 방학 때도 고생이 많네."

"그렇게 고생은 아니야. 신간 들어오는 날이라 좀 바쁜 것뿐이지."

권다경이 말해 준 작가 지망생은 아마 김해원이겠지. 마침 자습 전까지 시간도 많이 남아 있었다. 도서관에 둘밖에 없는 지금이 떠보기 제일 좋은 타이밍이었다.

"6반 친구한테 들었어. 방 탈출 시나리오, 네가 쓴 거라며?"

"방 탈출? 작년 축제 때 말하는 거야?"

"응, 애들이 엄청 재밌다 그러더라. 계속 듣다 보니 그때 못 해 본 게 아쉬울 정도야."

"재밌었다니 다행이네."

"그래서 말인데, 혹시 그때 쓴 시나리오 보여 줄 수 있어? 재밌다니까 나도 읽어 보고 싶어서."

"시나리오를?"

경계심은 느껴지지 않았다. 도리어 칭찬에 들뜬 건지 달가운 얼굴이었다.

"기다려 봐, 3층 로비에 노트북 두고 왔거든."

"따라가도 괜찮을까? 일도 거의 다 끝났고 묻고 싶은 것도 좀 있어서."

김해원은 로비로 가는 내내 시나리오에 관한 이야기를 즐겁게 떠들었다.

"울새라는 원작의 요소를 방 탈출에서 어떻게 살릴 수 있을지 고민했어. 마음 같아서는 영상이라도 사용해서 연출하고 싶었는데 어렵더라고."

"하긴 원작에서도 워낙 중요한 요소였지."

어떤 식으로 원작의 요소를 사용했는지 설명하는 모습이 퍽 즐거워 보였다. 그러나 권다경에게 먼저 이야기를 전해 들은 나는 시나리오의 내용이나 장치보다는 이야기에 담긴 의미가 더 궁금했다.

로비에 도착하자마자 김해원은 노트북을 켜 곧장 내게 파일을 보냈다. 생각보다 살가운 분위기에 메일이 도착했다는 알림을 받자마자 조심스레 본론을 꺼냈다.

"방 탈출에서 사용한 음악도 네가 준 거라며?"

계속 이어지던 타자 소리가 멈췄다. 분명 사방이 열려 있는 공간인데도 좁은 교실에 갇힌 것처럼 숨이 턱 막혔다. 모니터와 나를 바쁘게 오가던 김해원의 고개도 화면을 바라본 채 굳었다.

"애들이 좋다고 난리더라. 어떤 노래인지 알려 줄 수 있어? 시나리오 읽으면서 듣게."

김해원은 노트북을 닫더니 황급히 자리에서 일어났다.

"미안, 나도 클래식은 잘 몰라서."

"네가 준비한 거 아니었어?"

"어디서 들었는지 몰라도 아니야. 시나리오는 내가 쓴 게 맞지만."

"그랬구나, 잘못 들었나 보네. 미안……."

멀리서 또각거리는 소리가 들려왔다. 학생들에게서는 들을 수 없는 발소리였기에 저절로 고개가 돌아갔다. 음악 선생님이었다.

"너희 둘, 여기서 뭐 하니?"

음악 선생님은 작년 2학기에 이 학교로 왔다. 1학기에는 미술 수업을, 2학기에는 음악 수업을 하는 우리 학교의 학사 일정상 음악 선생님을 1학기부터 구하지 않은 탓이었다.

뭐라 대답하기도 전에 김해원이 금세 입을 뗐다.

"잠깐 얘기 좀 나누고 있었어요."

"그래? 곧 자습 시간이니 얼른 들어가렴. 아, 그리고 해원이는 잠깐 나 좀 볼까?"

김해원은 내게 인사도 없이 쌩하니 선생님을 따라 사라졌다. 어떻게든 대화를 더 이어 나가고 싶었으나 선생님이 데려간 이상 그러기는 힘들었다. 게다가 음악 선생님은 묘하게 대하기 어려운 사람이었다. 다른 선생님보다 학교에 늦게 왔다는 것도 이유라면 이유였지만, 평소에는 교무실 밖을 잘 나오지 않는 탓에 수업 시간 말고는 얼굴을 볼 일이 거의 없었다.

그때 메일이 도착했다는 알림음이 다시 울렸다. 분명 시나리오는 아까 받았는데. 메일함을 열어 보니 권다경에게서 파일 하나가 와 있었다.

조금만 일찍 왔다면 직접 들려주면서 물어볼 수 있었을 텐데. 나는 아쉬움을 꾹 삼키고 얼른 메시지를 보냈다.

— 파일 고마워. 고민은 잘 풀렸어?

— 응, 한번 얘기하고 나니까 그 뒤로는 편하더라고. 앞으로도 만나면 인사 나누기로 했어.

인사라. 애들이 이상하게 생각하지는 않으려나.

— 잘됐네.

— 덕분이야.

— 한 것도 없는데, 뭘.

나는 곧바로 기숙사로 돌아가 소원을 찾아다녔다. 자습 시간 시작을 몇 분 남기고 막 독서실로 들어가려는 소원을 발견했다.

"잠깐 시간 좀 내주라."

"뭔데?"

"이것 좀 들어 봐 줄래? 여기 이어폰."

"그러니까, 이게 뭐……."

이 노래가 맞구나, 재생 버튼을 누르는 순간 알아챌 수 있었다. 소원의 눈빛이 순식간에 바뀌었다. 연주실에서 귀신을 입에 담을 때와 똑같았다.

"어때, 들어 본 적 있어?"

"어디서 찾았어?"

"맞나 보네. 축제 때 방 탈출 부스 열렸던 거 기억해? 거기서 틀어 줬던 음악이래."

어안이 벙벙한 얼굴을 보니 소원이 마저 정신을 차리기를 기다리다가는 곧 자습 시간이 될 판이었다.

"이 파일, 김해원이 준비한 거래."

"김해원? 예전에 상담했던 애 말하는 거야?"

"응, 근데 이거 어디서 났는지는 안 알려 주더라."

"정말 귀신이 연주한 건 아니겠지? 그래서 말해 주지 못하는 건……."

소원이 옆에서 뭐라고 중얼거리든 나는 어떻게든 이 곡이 어디서 난 건지 알아내고 말겠다고 다짐했다.

\* \* \*

그 시각 혜성은 유유히 본관을 돌아다니고 있었다. 세월을 만나기 전까지는 늘 사람 적은 곳을 찾던 혜성에게는 가끔 이런 시간이 필요했다. 도서관에서 책 먹는 모습을 들킨 뒤로 괴물인 채로 돌아다니기가 꺼려졌다. 몰래 산 한가운데로 들어가 본모습으로 돌아갈 때도 있었지만 몹시 드문 일이었다.

오늘도 조용히 저녁을 보낼 수 있겠다고 생각하고 있었다. 나지막한 걸음 소리가 저 멀리서 들려왔다.

가끔 순찰이라며 몰래 돌아다니던 소원을 마주친 적이 있었다. 이번에도 소원인가 싶었는데 어째 발소리가 평소와 달랐다. 멀리서 봐도 알 수 있었다. 소원이라기에는 너무나도 힘없는 움직임이었다. 잠결에 끌려 나왔다고 해도 이 정도로 처져 보이지는 않을 것 같았다.

'들키면 귀찮아질 테니 적당히 피해야······.'

뒤늦게야 여자애의 얼굴이 눈에 들어왔다. 초점이라고는 하나도 없는 눈빛이었다. 차라리 귀신의 눈동자가 더 선명할 것 같았다. 분명 여자애의 시야에도 혜성이 들어왔을 텐데 시선은 아예 허공을 향해 있었다. 혜성은 뒤로 천천히 물러나며 눈치를 살폈다. 혜성을 아예 보지 못하는 것 같았다.

그 후의 행동은 도박이나 다름없었다. 뒷걸음질을 멈춰도 여자애는 계속해서 다가왔다. 혜성은 천천히 그리고 조용히 앞으로 걸어갔다. 혹시나 숨소리가 신경 쓰일까 싶어 숨까지 참았다. 한 걸음씩 가까워질수록 긴장감에 손가락이 저렸다. 그러나 여자애의 시선은 혜성이 바로 옆을 스쳐 지나가는 그 순간에도 여전히 허공만을 향해 있었다.

아무래도 이상해서 혜성은 약간 거리를 둔 채 그 애를 뒤쫓았다. 느릿느릿한 걸음을 보고 있으니 자기 의지로 가고 있는 건지조차 의심스러웠다. 귀신이든 괴물이든 둘 중 하나에는 홀린 게 아닐까 싶은 정도였다.

'아무래도 지켜봐야겠어. 영명 같은 괴물이 또 나타난 거라면 일이 커져.'

그렇게 생각하던 순간이었다.

"너 지금 내 생각 중이지."

불쑥 들려오는 목소리에 그대로 고꾸라질 뻔했다. 영명은 혜성에게 제 얼굴을 들이밀며 말을 이어 갔다.

"쟤 웬만해서는 안 깨니까 걱정하지 마. 대꾸도 안 하던데."

"조용히 안 해?"

혜성은 영명을 제압하려 손을 뻗었다. 영명은 그 손을 손쉽게 붙잡고 그대로 벽을 향해 혜성을 밀쳤다. 그러나 혜성은 벽에 부딪치기는커녕 그 힘을 역이용해 팔 하나로 영명을 구석에 가뒀다.

"인간이 되어서도 무슨 술수를 부릴 힘은 남아 있나 보네."

"내가 저렇게 만든 거 아니거든? 그리고 힘은 무슨. 안 그래도 갈수록 체력 약해져서 고민 중인데. 괴물 시절이 체력만큼은 좋았어."

확실히 그랬다. 원래대로라면 혜성이 영명을 제압하는 일 같은 건 상상조차 못 했을 테니까.

"안 깬다는 건 어떻게 알았는데?"

"쟤 얼마 전에도 저랬어. 내가 요새 대회 준비 중이라 밤에는 본관에서 지내거든? 어쩌다 마주쳐서 말 걸어 봤는데 대꾸도 안 해. 얼굴도 완전 죽을상이었고."

"대회? 네가?"

"2인 1조로 나가야 하는 실험 대회가 있어서. 성단이랑 같이 나가려고."

영명의 여유로운 태도는 인간이 된 이후에도 마찬가지였다.

"난 이제 괴물이 아니니까. 앞으로 어떻게 먹고살지 걱정 좀 해야 하지 않겠어?"

"그래, 그렇겠지."

"부러워?"

혜성은 대꾸할 가치도 없다는 듯 영명에게서 시선을 뗐다. 그러고는 아까 본 여자애를 마저 뒤쫓았다. 그런 혜성의 발을 묶은 건 이어지는 영명의 말이었다.

"내가 아까 그랬지? 죽을상이라고."

그냥 과장되게 표현한 거라고 넘겼던 말이다. 영명이 수명을 먹는 괴물이었다는 사실을 잠시 잊었다. 불과 몇 개월 전까지의 소동이 벌써 오랜 옛일처럼 느껴졌다.

"저대로 두면 목숨이 위험해. 죽을 날이 얼마 안 남은 사람들이랑 다를 게 없는 얼굴이야."

"무슨 뜻이야?"

"자세히 봐 봐. 완전히 탈진했잖아. 자기도 모르게 체력을 빼앗기고 있으니 저 꼴이 나지."

영명은 이마를 짚으며 짧게 한숨을 내쉬었다.

"상태를 보니 몇 달은 시달렸네."

"그걸 어떻게 알아?"

"살면서 쟤랑 비슷한 사람 하나 못 봤을까."

말투만큼은 인간이 되기에는 멀어 보였다. 혜성은 일부러 과장해서 어이없다는 표정을 지어 보였다.

"또 보이는 건?"

"몰라, 더 참견 안 할래. 나랑 관련 없는 일에 신경 쓸 시간 없어."

"이미 충분히 참견한 것 같은데."

"넌 어쩌게, 내버려두게?"

"방해가 안 된다면."

"너한테? 아니면 이세월한테?"

영명은 질문하자마자 답이 나올 새도 없이 얼른 말을 고쳤다.

"취소, 질문할 필요가 없는 걸 물어봤네. 하여간 구질구질한 자식."

"참견 안 한다며?"

"방금은 참견이 아니라 비꼰 거지. 난 간다."

혜성은 영명에게 작별 인사를 남기지도 않고 홱 돌아섰다. 벌써 시야에서 사라지려 하는 여자애를 쫓기 위해서였다. 열심히 달려가는 와중에도 머릿속으로는 여자애의 이름을 떠올리려 노력했다. 뭐였더라, 되게 특이한 이름이었는데. 기억해 낸 건 여자애가 도착한 곳이 연주실 앞이라는 걸 알아챘을 때였다.

성여름, 어디 하나 특이할 것 없는 평범한 여자애였다. 공부 잘하는 학생들만 모인 학교에서 평균을 유지한다는 것부터 평범함과는 거리가 멀었으나, 혜성이 생각하는 특별함의 기준을 넘기에는 한참 모자랐다. 그래서 특이한 소문 하나 없던 애가 저런 꼴로 한밤중에 본관을 돌아다닌다는 게 도무지 이해되지 않았다.

연주실은 잠겨 있어서 성여름이 아무리 손잡이를 붙잡고 흔들어도 열릴 기색이 보이지 않았다. 성여름은 그게 잠긴 거라는 걸 인지조차 못 하는지 한참을 문과 실랑이한 뒤에야 그 앞에 풀썩 주저앉았다. 그러고는 혜성이 어떻게 대처해야 할지 고민하는 그 짧은 새에 다시 몸을 일으켜 계단 쪽으로 사라졌다.

허공을 향해 고정된 시선, 외부 자극에 전혀 반응하지 않는 모습 그리고 한밤중이라는 시간대. 그 셋으로 내릴 수 있는 결론은 지극히 한정적이었다.

우선 이질적인 기운은 전혀 느껴지지 않았다. 괴물과 연관되었다면 영명을 처음 봤을 때와 비슷한 느낌을 받았을 것이다. 문득 일전에 책을 통해 접해 본 질병이 떠올랐다. 자는 동안 자신도 모르게 행동하는 병이라고 했던가. 혜성은 계단 쪽으로는 눈길조차 주지 않았다. 그저 괴물이 엮인 일이 아니라 다행이라고 안심하는 게 전부였다.

저 상태라면 조만간 상담을 올 수도 있을 것 같다는 생각이 들었다. 아니면 저 애의 주변인이라도. 그렇게 생각하며 자리를 뜨려던 그때였다.

"왜 네가 여기 있냐?"

익숙한 목소리였다. 영명도 마주친 판국에 야간 순찰을 밥 먹듯이 하는 소원을 마주치지 않을 리가 없었다. 혜성은 입꼬리를 한쪽만 올리며 소원의 시비를 받아쳤다.

"뭘 새삼스럽게 물어? 밤중에 한두 번 마주친 것도 아닌……."

혜성은 말을 끝마치지 못했다. 소원 옆에 딱 붙은 채 자신을 바라보던 세월과 눈이 마주친 탓이었다.

## 7. 시끄러운 겨울밤

 이게 무슨 상황일까. 나는 연주실을 조사하러 왔지 밤중에 몰래 돌아다니는 비행 청소년을 잡으러 온 게 아니었다.
 "한두 번 마주친 게 아니라고?"
 세 사람이 같이 있는 게 이렇게 어색하게 느껴지는 건 처음이었다.
 "임혜성, 설명해. 왜 둘이 밤중에 따로 만난 건지."
 "하하, 그게 아니라……."
 "그게 한두 번이 아닌 이유도 설명해야 할 거야. 윤소원 너도 그냥 넘어갈 생각 말고."
 혜성은 고개를 세차게 흔들어가며 당황한 티를 냈다. 일부러 그러는 게 아닐까 싶을 정도로 과한 몸짓이었다.
 "오해하지 마, 재랑 작정하고 밤에 따로 만난 적 없어. 그냥 둘 다 밤에 본관을 돌아다닐 일이 많아서 종종 마주친 거지."

그러고는 언제 그랬냐는 듯 손바닥 뒤집듯 태도를 바꿔 미소를 지었다.

"세월이 네가 밤중에 학교를 돌아다니는 건 거의 못 본 것 같은데, 왜 온 건지 물어봐도 돼?"

저렇게 아무렇지 않게 넘어가는 모습에 짜증이 일었지만 나는 화를 내는 대신 가벼운 한마디로 돌려줬다.

"궁금하다면 당연히 답해 줘야지, 봄이 끝나기 전에는 말이야."

이 정도 말했으면 혜성의 표정이 잠깐은 흐트러지지 않을까 싶었다. 그러나 혜성은 여전히 생글생글한 얼굴로 나를 바라보았다. 어차피 이렇게 마주친 거 그냥 깔끔하게 도움을 구하는 게 낫지 여기서 자존심을 부릴 필요는 없었다.

"밤마다 여기서 바이올린 연주가 들린다고 하더라."

"연주실 안에서?"

"응, 밤중에는 연주실 문도 잠가 둔다는데."

오늘도 소원이 들었다던 바이올린 연주는 전혀 들리지 않았다. 이쯤 되면 소원이 환청을 들은 게 아닐까 싶었다.

"소원아, 확실히 들은 거 맞지?"

"응, 최근까지도 꽤 자주 들렸어. 일주일에 한 번씩은 꼭. 임혜성, 넌 혹시 들은 적 없어?"

"미안, 연주는커녕 그런 게 들린다는 이야기도 못 들어봤어. 사실이라면 좀 무섭네."

멀쩡히 웃으며 받아치는 게 어쩐지 더 어색해 미심쩍은 기분이 들었다. 그러나 혜성이 무엇을 알고 있는지, 애초에 아는 게 있기는 한 건지도 확실하지 않아 더 캐묻고 싶지 않았다.

"소원아, 돌아가자. 오늘은 수확이 없을 것 같네."

"응."

"너도 따라와. 어쨌든 밤중에 본관을 용건 없이 돌아다니는 건 교칙에 어긋나잖아."

돌이켜 보니 밤중에 아무 이유 없이 학교를 쏘다니는 건 이번이 처음이었다. 그러니 분명 이 상황이 낯설게만 느껴져야 했다. 그런데 왜 나는 혜성을 마주치는 순간 익숙함을 느꼈을까. 마치 밤에 학교를 오면 혜성과 만나는 게 당연한 일인 것처럼.

혜성이 내 기억을 지웠다는 건 반쯤 확실했다. 그러나 여전히 풀리지 않는 의문이 많았다. 기억을 왜 지웠는지, 어떤 기억을 지운 건지. 그리고…… 대체 내가 혜성과 무슨 사이였는지.

번잡스러운 상태로 두 사람을 끌고 기숙사를 향해 걸어갔다. 본관을 나오자마자 저 멀리 유리문 너머로 불이 켜진 독서실 입구가 눈에 들어왔다. 그 풍경이야 저녁마다 봐 왔기에 특별할 것 없었다. 입구 앞에서 서 있는 두 사람이 없었다면 말이다.

한 명은 아는 얼굴이었다. 작년에 고민 상담부를 찾아왔던 김해원이었다. 다른 한 명은 지나가다 한두 번 정도 본 게 전부였다. 이름조차 어렴풋할 정도로 접점이 없던 애였다. 김해원은 그 애의 어깨를 붙잡고 세차게 흔들고 있었다. 그 애의 긴 머리카락은 이미 잔뜩 헝클어진 지 오래였다. 고개를 푹 숙인 탓에 얼굴은 머리카락에 가려져 있었다. 설마 싸우기라도 하는 걸까. 괜히 엮이기 싫으니 조금 돌아서 가더라도 기숙사 후문으로 들어가야겠다 싶었다.

"아무래도 자리를 좀 피해 줘야……."

뒤돌아본 곳에는 앞을 바라보며 체념한 듯 헛웃음 짓는 혜성만 서 있었다. 소원은 어디로 간 걸까. 사실 이미 답은 알고 있었다. 이제 내가 다시 앞을 바라보면 소원이 보이겠지. 아니나 다를까 벌써 두 사람을 향해 달려가고 있었다.

"도우러 가게?"

"도와야지. 하나보다는 둘이 나으니까."

"굳이 둘까지는 필요 없을 것 같은데."

소원이 문을 열기도 전이었다. 김해원에게 어깨를 붙잡혔던 그 애는 갑자기 번쩍 고개를 치켜들더니 이리저리 고개를 돌렸다. 김해원은 그제야 손을 떼어 냈다.

누군지 정도는 분간할 수 있었으나 표정까지는 눈에 들어오지 않는 거리였다. 그런데도 두 사람의 분위기가 험악하지 않다는 건 느껴졌다. 서로를 대하는 태도가 어디 하나 조심스럽지 않은 게 없었으니까. 방금까지는 내가 잘못 본 게 아닐까 싶을 정도였다. 소원도 비슷하게 생각했는지 잠깐 멈춰 서더니 이내 이쪽을 향해 쪼르르 돌아왔다.

"혜성이 넌 이미 눈치채고 있었……."

다시 뒤돌아봤을 때는 혜성도 감쪽같이 사라진 채였다.

"뭘 물을 틈도 없이 사라지네."

\* \* \*

세월이 다른 일에 정신이 팔린 사이, 혜성은 그곳을 빠져나와 후문을 통해 기숙사로 들어갔다. 혜성이 직행한 곳은 독서실이 아닌 그 옆에 붙어 있는 학습실이었다. 보통

조별 과제나 노트북 작업을 할 때 쓰는 곳이었으나 사람이 별로 없는 방학에는 잘 쓰이지 않았다. 그 덕에 혼자 있기를 좋아하는 학생들이 자주 애용했다.

혜성은 그곳에 있을 누군가를 찾으러 왔다. 들어가자마자 눈에 들어온 건 구석 자리에서 홀로 책을 읽고 있던 서별이었다. 서별은 기척을 느끼자마자 번뜩 고개를 들었다. 그러고는 혜성과 눈이 제대로 마주치기도 전에 벌떡 자리에서 일어나 나가려 했다.

"왜 나가?"

혜성은 성큼 다가와 서별이 밖에 나가려는 걸 가로막았다. 서별이 옆쪽으로 돌아나가려고 하자 혜성은 그 방향을 향해 팔을 뻗어 막았다.

"널 찾아온 건데."

"딱히 볼일 없어."

"나는 있어."

"권다경 일이라면 답할 생각 없어."

날카로운 내용과 달리 예전에 비해 한결 편안한 말투였다. 혜성은 그 변화가 기꺼우면서도 신경 쓰였다.

"그 용건은 아니니까 걱정 마."

혜성 입장에서는 두 사람이 잘 풀렸다는 것만 알면 그만이었다. 가능성을 보고 싶었을 뿐 똑같이 해 보려던 건 아니니까.

"내가 아는 사람 중에 제일 혼자 잘 쏘다니는 사람한테 묻고 싶은 게 있어서 말이야."

"본론만 말해. 나 바쁘니까."

"연주실에는 자주 드나들어?"

"연주실?"

"혼자 있기 좋잖아. 방음도 되고, 시험 기간에는 누가 잘 드나들지도 않고."

서별은 어이없다는 얼굴로 가볍게 헛웃음을 터뜨렸다.

"그거 물으러 온 거야?"

"응, 그것만 대답해 주면 얌전히 사라질게. 앞으로 말도 안 걸고. 어때?"

한숨조차 시간 낭비라 생각했는지 서별은 재빨리 입을 열었다.

"연주실은 늘 잠겨 있어. 낮에도 말이야. 연습실도 미리 연습하겠다고 신청하지 않으면 열쇠를 내주지 않고."

"늘? 낮에는 웬만한 교실들 개방해 두지 않나?"

"애들이 거기에 악기를 보관해 둬서 그래. 악기를 도난당하면 일이 커지니까. 예전에 음악 쌤이 그랬어."

열쇠 없이는 들어갈 수 없는 연주실. 혜성은 그 문 앞에서 들여보내 달라는 듯 버티고 서 있던 성여름의 모습을 떠올렸다.

아무리 연주실에 사람이 잘 가지 않는다고 해도 그렇게 자주 복도에서, 그것도 밤중에 이상 행동을 보이면 누군가가 이미 이야기했을 법했다. 심지어 영명은 그런 성여름을 예전에도 본 적 있다고 했다. 성여름을 본 게 그날 당직을 맡은 선생님이나 경비원이라면 진작에 마주치고 제재했을 것이다.

혜성은 생각에 잠긴 채 서별로부터 한 걸음 물러섰다. 서별은 들고 있던 책을 꼭 안은 채 쌩하니 빠져나갔다.

## 8. 정원사의 기록

 곧 있으면 새 학기 시작이었다. 사람도 신경 쓸 일도 두 배로 늘어날 게 뻔했다. 그 시기가 오기 전에는 어떻게든 결론을 짓고 싶었다.

 오늘이 벌써 방학 특강의 마지막 날이었다. 주말이 지나고 며칠을 더 기다리면 신입생이 들어온다. 선생님들은 하나같이 그동안 특강에다 자습까지 고생했다며 앞으로는 아무것도 하지 말고 쉬라는 당부를 남겼다.

 선생님의 당부에도 나는 방학 중 마지막 자습 시간을 대놓고 땡땡이치기로 마음먹었다. 소원은 물론 혜성까지 불러서 말이다. 3층 로비에서 중앙 계단 왼쪽으로 난 복도를 따라 걸으면 칠판과 소파 그리고 선생님이 누군가는 풀기를 기대하며 게시한 난도 높은 문제지가 가득한 공간이 있었다. 우리는 그곳의 소파에 앉아 거기 널려 있는 어떤 문제보다도 골치 아픈 일을 풀어 보려 시도했다.

"아무래도 김해원이 제일 수상하지."

그 말에 소원은 세차게 고개를 끄덕였다. 혜성도 긍정하듯 가만히 시선을 마주했다. 그러고는 이내 무언가를 계속 고민하는지 바닥 쪽을 가만히 바라보았다.

나는 혹시나 단서가 될까 싶어 김해원의 상담 일지를 챙겼다. 권다경과 서별의 일지를 봤을 때처럼 여기에도 역시 글씨를 지운 자국이 남아 있었다.

주 상담자: 이세월
내담자: 김해원

— 자신의 장래 희망인 소설가가 부모님이 희망하는 진로와 다르다는 이유로 포기하려 하나, 소설가가 되고 싶다는 마음이 너무 강해 어려움을 겪는 상황.
— 기억을 지우자고 권유해도 **거부감을 보이지 않으리라** 판단해 진행함.

추가

— 상담 후 취미로 소설을 쓰기 시작함. 기억을 지웠음에도

> 소설가라는 꿈을 다시 고려하기 시작함. 상의 끝에 이전
> 에 기억을 지웠다는 사실을 알리고 그런데도 소설가라
> 는 꿈을 밀어붙일 것인지 물어봄.
> ― 소설가의 길을 택하겠다는 결정을 내리며 상담 종결.

 어쨌든 김해원이 이 일에 관련되어 있다면 실마리를 잡을 만한 곳이 하나 있었다. 소설 지망생인 김해원은 상담 이후 웹소설을 연재해 왔다. 만약 그동안 무슨 일이 있었다면 분명 작품에 조금이라도 반영됐을 것이다.
 "김해원이 쓴 소설을 찾아보자, 최근에 쓴 것 위주로."
 "걔가 쓴 소설? 그게 어디 있는 줄 알고?"
 말을 마치자마자 혜성은 휴대폰에 무언가를 띄우더니 나와 소원 앞으로 들이밀었다.
 "이게 뭔데?"
 "뭐기는, 네가 찾는 김해원 소설이지. 요즘은 단편 위주로 올리는 것 같더라."
 '선하나'라는 이름이 적힌 배너 아래로 게시글이 쭉 나열되어 있었다. 가장 최신에 쓰인 게시글은 불과 일주일 전의 것이었다.
 "필명은 본명에서 따왔나 보네……. 아니, 그보다 이걸

어떻게 알았어?"

"우리 반까지 소문 다 났던데? 웬만한 애들은 다 알걸."

하긴 혜성은 혼자 있을 때가 손에 꼽을 정도로 드물었다. 왜 우리 동아리에 들어왔는지가 신기할 정도였다. 잃어버린 기억을 되찾으면 혜성이 어쩌다 동아리에 들어온 건지도 알 수 있을까.

우선 지금은 눈앞의 단서에 집중할 때였다. 나는 가장 위에 있는 게시글을 눌러 내용을 확인했다.

"'봄 잠'? 제목만 봐서는 내용이 감도 안 잡히는데."

간호사는 태어나 처음 본 병을 앓는 환자 탓에 매일매일을 위태로이 보냈다. 그 환자가 있는 방에 들어갈 때면 자신이 알던 일상이 사라지는 기분이었다. 환자는 하루 종일 깊은 잠에 빠져 있었다. 그래야만 했다. 환자가 잠깐이라도 깨어나는 순간 이미 반쯤은 딱딱해진 팔이 나무껍질로 뒤덮일 테니까.

온몸에 벚꽃이 피어나는 병이라고 했다. 태어나서 한 번도 들어 본 적 없는 병이었다. 상상조차 하기 힘든 증상이었다. 그나마 다행인 건 잠들어 있는 동안은 증상이 전혀 진행되지 않는다는 거였다. 그게 치료법이 나올 때까지 잠들어 있어야 하는 이유였다.

환자의 연인은 잠든 얼굴이라도 보기 위해 매일 저녁 병실을 찾아왔다. 간호사는 연인이 실수로라도 환자를 깨우는 일을 막기 위해 면회 때마다 곁을 지켰다. 연인은 처음 몇 번은 잠든 환자를 향해 이제는 갈 곳 없는 말을 늘어놓았다. 몇 달이 더 지나서는 대답 없는 대화에 지쳤는지 간호사에게 드문드문 말을 걸기도 했다.

"간호사님, 그거 아세요? 사실 저는 이제 얘랑 아무 사이도 아니에요. 이 병원에 입원하기 직전에 차였거든요."

그런 일을 종종 봐 왔던 간호사는 어떻게 된 사연인지 묻지 않았다. 자신을 연인에서 전 애인으로 정정한 그는 계속해서 말을 이었다.

"헤어지기 전날까지도 같이 꽃구경을 갔는데 말이죠. 퇴근 후에 만나야 해서 해가 다 진 다음에야 벚꽃길을 찾아갔어요."

"아쉬웠겠네요."

"괜찮았어요. 얘가 늘 하던 말이 있거든요. 밤에 보는 벚꽃이 그렇게 예쁘다고. 주변은 온통 어두운데 하얗게 넘실거리는 벚꽃을 보고 있으면 저절로 행복해진다고 하더라고요."

"섬세하신 분이었네요."

"정말로요. 그 말을 듣고 보니 무척 예뻐 보이더라고요. 평생 보고 싶을 정도로요."

간호사는 그 후로도 그가 면회를 온다는 사실에 거부감을 느끼지 않았다. 서로가 싫어져서 헤어진 사이도 아니니 충분히 만나러 올 수 있다고 생각했다. 그가 마지막으로 면회를 오기 직전까지도 그렇게 여겼다.

해외로 장기 출장을 가게 됐다고 했다. 몇 년이 걸릴지 짐작조차 어렵다고도 했다. 그가 간호사를 마주하자마자 꺼낸 말이었다. 그러니 그는 환자와 둘만 있을 시간을 주면 안 되겠느냐고 부탁했다. 그러나 간호사는 간절한 사람일수록 돌발 행동을 취하기 쉽다는 걸 알았기에 그 부탁을 거절했다.

한참 침묵이 흘렀다. 간호사는 잠깐이라도 자리를 비워 줘야 하나 계속 고민했다. 면회 시간이 끝날 무렵까지도 말이다. 그러나 결국 간호사는 그의 부탁을 들어주지 않았다.

"면회 시간 끝났습니다. 이제 나가셔야 해요."

그는 천천히 자리에서 일어나 간호사를 향해 돌아섰다.

"고백할 게 있어요."

갑작스레 던진 말치고는 표정에 전혀 긴장감이 묻어나지 않았다. 그렇다고 편안해 보이지도 않았다. 간호사는 소중한 사람의 죽음을 앞두고 체념한 이가 저런 얼굴을 한다는 걸 알았다.

"정말, 정말 해서는 안 되는 생각이기는 한데요. 저는 얘가 나아지리라 생각하지 않아요. 그런 기적을 바라고 여기 오는 게 아니에요."

차라리 침묵이 나을 지경이었다. 그는 환자를 향해 말할 때처럼 대답을 기대할 수 없는 말을 쉴 새 없이 쏟아 냈다.

"그냥 같이 한 번 더 벚꽃을 보고 싶은 것뿐이에요. 이왕이면 그때처럼 밤에 핀 벚꽃을요."

그게 정확히 무슨 뜻인지는 그가 마지막으로 덧붙인 말을 들은 뒤에야 알 수 있었다.

"혹시 모르죠, 간호사님이 아니었다면 이미 보고도 남았을지도요."

간호사가 그를 본 건 그게 마지막이었다. 당직을 서는 내내 고요히 떠나던 그의 뒷모습이 머릿속을 떠나지 않았다. 왜 저녁에만 찾아왔을까. 회사를 갈 일이 없는 휴일에도 말이다. 그 말이 전부 거짓이 아니었다면 그는 정말로 밤에 피는 벚꽃을 보기 위해 그리도 꾸준히 환자를 찾아왔던 걸까.

간호사는 의문을 꾸역꾸역 삼키며 자신이 해야 할 일을 했다. 오랫동안 누워 있는 환자들의 위생을 지키는 건 간호사의 몫이었다. 이불을 걷어 내자 딱딱하게 굳은 손가락 위로 벚꽃 한 송이가 피어 있었다. 간호사는 휴지에 물을 묻혀 꽃잎이 다치지 않도록 조심스럽게 닦아 냈다. 겨우 피워 낸 꽃송이가 떨어지지 않도록. 그리고 환자가 절대로 잠에서 깨어나지 않도록.

이건 장르가 뭘까. 소원은 그새 단편에 푹 빠졌는지 화면에서 눈을 떼지 못하고 있었다.

그나저나 연인이라. 최근에 연애 관련해서 좋지 않은 일이라도 있었던 건가. 문득 뇌리를 스친 건 어제 기숙사로 돌아가다 보게 된 김해원과 누군가의 다툼이었다. 갑자기 분위기가 바뀌는 게 이상하다 싶었는데 사랑싸움이라고 생각하면 조금 말이 되는 것 같기도 했다.

"소원아, 어제 김해원 옆에 있던 애 얼굴 기억해? 넌 가까이서 봤잖아. 누군지 알겠어?"

"어제 분위기가 이상해서 바로 물러났는데, 익숙한 얼굴은 아니었어."

소원은 어떻게든 떠올려 보려 관자놀이를 양손으로 꾹꾹 누르다 포기하고 한숨을 내쉬었다. 혜성은 그걸 가만히 보고 있다가 입을 열었다.

"걔 이름은 성여름이야. 나도 이름만 알긴 해."

전교생 수가 워낙 적으니 모르는 이름은 아니었지만 그렇다 하더라도 거의 들어보지 못한 이름이었다.

"용케 알아봤네."

"그 애가 수상하다고 생각해?"

"언뜻 보기는 했지만 보통 사이처럼 보이진 않아서. 김해원한테 비밀이 있는 거라면 성여름도 관련이 있지 않을까?"

혜성은 그 말에 가볍게 고개를 끄덕이고는 불쑥 생각지도 못한 단서를 꺼냈다.

"사실 너희를 만나기 전에 본관에서 성여름을 만났어."

"그걸 왜 이제 말해?"

"어제는 너희가 말 꺼낼 틈을 안 줬잖아."

조금이라도 뭐라고 하려면 매번 저렇게 웃는 것도 이제는 익숙했다.

"복도에서 마주쳤는데 허공을 보고 걷고 있더라. 좀 이상해서 따라가 봤는데 연주실 문에 몸을 쿵 박더라고."

연주실이라는 단어에 눈이 번쩍 뜨였다. 혜성은 그럴 줄 알았다는 듯 눈웃음을 한번 짓고는 계속 말을 이었다.

"연주실은 그때 잠겨 있었어. 제정신이었다면 금세 알아챘을 텐데 걔는 계속 문을 열려고 하더라."

이렇게만 들으니 진짜 귀신에게 홀린 게 아닌가 싶었다. 솔직히 묻고 싶은 게 한두 개가 아니었다. 누가 봐도 중요해 보이는 정보를 왜 이제 말해 주는지, 애초에 밤에 그곳에는 왜 돌아다니고 있었는지. 어쨌든 중요한 건 그걸 지금이라도 말해 줬다는 사실과 그게 이 사건의 실마리가 될 거라는 점이었다.

소원은 미간을 꽉 찌푸리며 가볍게 앓는 소리를 냈다.

"이 이야기 속 연인이 그 둘이라 생각하니 기분이 좀 별론데. 전 애인과 환자 중 하나는 김해원이라는 거잖아."

"그건 그래. 어느 쪽이 김해원이든 우리가 알던 모습과는 좀 차이가 있지. 하지만 우리는 김해원을 상담해 줬을 뿐 그 이상의 대화를 나눠 본 적 없잖아. 최근에는 얼굴도 거의 못 봤고."

나는 혜성이 그 말에 호응하기를 기다렸다. 어느 쪽이든 의견을 들어 두면 생각하는 데 도움이 될까 싶었는데, 혜성은 손등으로 입을 가린 채 골똘히 생각에 잠겨 있었다. 무언가 마음에 걸리는 게 있는 건가.

"너희는 그중 한 명이 김해원을 뜻한다고 생각하는구나."

"등장인물 중 한 명 정도는 김해원이 느꼈던 감정과 비슷한 걸 느꼈을 수도 있다는 거지. 소설은 작가의 경험이 반영되기 마련이니까. 이런 미심쩍은 단편일수록 말이야."

우선 김해원한테 더 말을 걸어 봐야 했다. 나는 이미 경계 대상일 거 같으니 소원한테 부탁할 생각이었다. 뭐라 말을 꺼내기도 전, 소원도 같은 생각이었는지 곧바로 입을 열었다.

"내가 김해원이랑 얘기해 볼게. 단편을 화제로 미끼를 던지면 뭘 좀 알아낼 수 있지 않을까?"

"그래 주면 고맙지. 아, 그리고 다들 이것 좀 봐 줄래? 김해원한테 받은 시나리오 파일을 인쇄한 거야. 작년 축제 때 방 탈출 테마에 쓴 시나리오래."

혜성과 소원은 시나리오를 집어 들고 찬찬히 훑었다. 조금 후 혜성은 종이를 내려놓고 사뭇 진지한 얼굴로 분석한 내용을 내놓았다.

"어떤 이유로 떠나간 누군가와 그 사람에게 집착하는 주인공. 공통점은 그 정도겠네. 그런데 따로 프린트한 거 보면 세월이 너는 이 시나리오에 특별한 의미가 있다고 생각하나 봐?"

"작년 방 탈출에 쓰인 배경 음악이 밤에 연주실에서 들린다던 연주와 똑같대. 이것도 김해원이 준비한 거라고 권다경이 그러더라."

"그럼 답 나온 거 아니야? 본인이 직접 연주했거나 아니면 다른 사람 연주를 녹음해서 준비했겠지. 어느 쪽이든 김해원은 출처를 알겠네."

"김해원이 털어놓을 생각이 없어 보이니까 이러는 거지."

"그럼 일단 소원이가 뭔가 알아 올 때까지 기다려 봐야겠네."

혜성은 내려놓았던 시나리오를 다시 집더니 자리에서 일어났다.

"나는 먼저 일어나 볼게. 자습을 아무렇지 않게 빼려니 양심에 조금 찔려서."

말도 안 되는 변명에 일부러 의문스러운 눈빛을 혜성에게 보냈다. 혜성은 내 눈빛을 보고서도 아무렇지도 않다는 듯 시나리오를 챙겨 로비를 나섰다.

\* \* \*

혜성은 빈 교실에서 김해원의 단편을 인쇄했다. 한두 장 분량이기는 했으나 이야기라 부르기에는 충분했다. 그는 손에 힘을 꾹 주어 삼킬 만한 크기로 종이를 구겼다. 이 정도 분량이면 원래 모습으로 변하지 않고도 먹을 수 있었다.

구긴 종이를 입안에 밀어 넣자 눈동자에 붉은 기가 어렸다. 종이는 목구멍에 닿기도 전에 순식간에 사라졌다.

이야기를 쓴 이의 감정이 순식간에 밀려 들어왔다. 만약 세월과 소원의 추리가 맞는다면 혜성이 느낄 감정은 그리움이나 집착 정도일 것이다. 그러나 혜성은 처음 단편을 읽는 순간 이야기에 담긴 게 그런 감정이 아님을 어느 정도 알아챘다.

'동경이나 연민 중 하나일 거라고는 예상했는데, 둘 다일 줄은 몰랐네.'

공존하기 어려운 두 감정이었다. 심지어 둘 중 어느 쪽도 전 애인을 직접 죽이러 찾아간 인물에게 부여하기는 어려운 감정이었다. 그런 행동에 어울리는 건 좀 더 끓어넘치는 감정이지 않나 싶었다.

혜성은 단편의 내용을 되새김질했다. 깊은 잠에 빠진 환자와 그의 전 애인. 둘 중 누가 상대방을 우러러보는 동시에 불쌍히 여길까. 이야기를 거의 다 삼키면서도 혜성은 그 누구에게도 이입하지 못했다.

이 감정이 누구의 것이었는지 확신한 건 마지막 마침표가 혀끝을 스친 순간이었다.

'역시 간호사 쪽이구나.'

환자에게 간호사가 품은 마음. 꽃은 환자의 생명을 먹고 자란 부산물에 지나지 않았다. 그런데도 간호사는 그걸 매일 관리해 줄 정도로 그 아름다움을 동경했다. 하지만 그렇다고 해서 꽃이 더 피어나기를 바라지는 않았던 모양이다. 한낱 꽃에 생명을 담보로 붙잡혀 있는 환자를 불쌍히 여겼으니까.

단편에 담긴 감정이 마저 사라지기도 전에 혜성은 김해원의 방 탈출 시나리오도 삼켰다. 그러고 나자 확신이 들었다. 김해원이 자신을 투영한 쪽은 환자도 전 애인도 아니었다. 시나리오에서 크레이븐 부부의 사랑을 동경하면서도 그게 전부 사라져 버렸다는 사실에 연민을 느끼던, 정원을 지키기 위해 입구를 직접 걸어 잠근 사람, 정원사가 김해원의 분신이었다. 단편 속 간호사가 그랬듯이 말이다.

보통 관찰자 시점의 이야기는 혜성에게 그리 큰 감정의 파도를 주지 못했다. 그러나 언제나 예외는 있었다. 관찰자가 작가 본인이 투영된 인물이라면 이야기는 달라진다. 직접 느낀 감정을 그대로 담은 날것의 서사가 된다. 그건 실존하는 사람의 이야기를 먹은 듯한 착각이 들어 혜성의 기분을 몇 번이고 들뜨게 했다.

하지만 지금은 이걸 즐길 때가 아니었다. 뚜렷한 증거는 없었지만 김해원이 관찰하는 상대 역시 분명 작품 속에 투영되었을 것 같았다. 그리고 그게 왠지 성여름일 거라는 생각이 들었다.

그러나 성여름이 누군가와 연애한다는 소문은 들어 본 적이 없었다. 전교생이 백 명도 안 되는 학교에서는 가벼운 가십도 쉽게 퍼진다. 특히 소문에 민감한 혜성이라면 성여름이 누구랑 사귀는지 모를 리가 없었다.

'만약 연인으로 표현한 게 은유였다면?'

혜성은 연인이라는 단어를 머릿속에서 지우고 고민해 보았다. 성여름이 오밤중에 연주실 복도에서 그러고 있었어도 그동안 들키지 않았던 이유는 뭘까. 연주가 들렸다는 사실이랑 같이 떠올려 보면 답은 간단했다.

평소 연주실에 자주 들어갔던 거다. 직접 연주한 건지, 아니면 녹음한 걸 튼 건진 모르겠지만 그 음악이 들려온 이유는 성여름 때문이었다.

이제 남은 건 연주실에 어떻게 들어갔는지다. 혜성은 연주실은 열쇠 없이 들어갈 수 없다는 사실을 떠올렸다. 그건 누가 연주실을 오가는지 전부 알고 있는 사람이 있다는 뜻이기도 했다.

그렇다고 성여름이 열쇠를 받아서 들어간 것 같지는 않

았다. 그날 학교에서 만난 성여름은 누군가에게 정상적으로 말을 걸 수 있는 상태가 아니었다. 애초에 교무실을 들르려고 하지도 않았다. 그러니까 성여름을 연주실에 들여보내 줄 수 있는, 밤중에도 열쇠를 가지고 있는 사람이었을 것이다. 의심을 사지 않고 그런 일을 할 수 있는 이는 음악 선생님밖에 없었다. 혜성은 자신이 정답까지 몇 걸음 남지 않았다고 확신했다. 이제 필요한 건 제 생각을 뒷받침해 줄 물증이었다.

혜성은 진작 자신이 나섰어야 했나 하는 생각이 들었다. 사실 한밤중 연주실에서 바이올린 연주를 들은 건 소원만이 아니었다. 혜성의 청력으로 본관 연주실에서 때때로 바이올린 연주가 흘러나온다는 걸 모를 리가 없었다. 다른 괴물의 기운이 느껴지지 않아 그냥 뒀는데, 세월이 그 사건에 관심을 가질 줄은 몰랐다. 아무래도 일 년 동안 고민 상담부 활동을 하며 없던 오지랖이 생긴 모양이었다. 아니면 단순히 호기심이거나 세월이 제 감정을 자각한 지 얼마 되지 않았으니 사소한 감정으로도 쉬이 움직일 수도 있을 것 같았다.

혜성은 자습 시작 전, 모두가 독서실에 모여 있을 때 몰래 이곳을 나설 작정이었다. 자신이 원하는 물증을 얻어 내기 위해서였다. 3층 복도는 독서실이 없으니 창문을 열고 주차장 쪽으로 뛰어내리면 눈에 띄지 않고 나올 수 있었다.

창문에서 막 뛰어내리던 찰나였다. 누군가의 발소리가 들렸다. 보통이라면 창문에서 뛰어내리는 모습은 절대 들키지 않아야 했지만, 멀찍이 떨어진 세월의 모습이 시야에 들어왔을 때 혜성은 오히려 안심했다.

## 9. 주도권이 있는 쪽

혜성은 정말 대놓고 수상했다. 슬그머니 자리를 피하는 게 뭔가 꾸미고 있구나 싶었다. 평소 모습을 생각해 보면 자신을 수상히 여겨 달라고 일부러 이러나 싶을 정도였다.

저녁 시간이 끝나 가는 걸 알리는 종소리가 울렸다. 나는 찝찝함을 떨치지 못하고 혜성의 방이 있는 기숙사 3층으로 향했다. 남학생 방만 있기에 평소라면 올 일 없던 3층 복도에 발을 디디는 게 좀 낯설기는 했다.

본관에서는 보지 못했고 자습 직전이니 방에서 막 나오고 있을 것 같았다. 대체 왜 그리 수상하게 군 건지 따질 준비를 마치고 막 계단을 오른 순간이었다. 혜성이 한 발을 창틀 위에 올린 채 양팔로 창문 가장자리를 붙잡고 있었다.

"거기서 뭐 해?"

뭐라고 할 새도 없이 혜성은 바깥을 향해 날아가듯 몸을 획 던졌다. 나는 황급히 창문으로 뛰어갔다. 그 너머로 보인 건 바로 앞에 있던 나뭇가지 위에 사뿐히 올라탄 혜성의 모습이었다.

"너, 어떻게……."

"말했잖아, 비밀을 말해 주겠다고. 네가 너무 조급해하는 것 같아서 이렇게라도 조금씩 알려 줄 생각이야."

재빨리 계단을 내려가 기숙사 뒤쪽으로 달려갔다. 뛰어온 게 무색하게 혜성은 여전히 나뭇가지에 올라탄 채 나를 기다리고 있었다. 내가 느티나무 아래까지 온 뒤에야 혜성은 나뭇가지를 타고 순식간에 내려왔다. 고양이도 아니고 사람 몸놀림이 저럴 수 있나 싶었다.

"빨리 왔네? 하긴 세월이 넌 보기보다 급한 면이 있지."

"이 광경을 보고도 안 뛰어오는 사람이 있으면 나와 보라 그래."

"급한 건 맞잖아. 은근히 뒤끝도 있고. 봄이 끝나기 전에 알려 주겠다는 말이 그렇게 야속했어?"

일부러 뒤끝을 나타낸 건 맞으니 반박하기 힘들었다.

"충격받지 않으려면 천천히 알려 줘야지."

기억을 지우는 능력이 있다는 것 말고도 뭐가 더 있는

건가. 그런 능력이 있다는 것부터 평범하지 않지만 이렇게 기상천외한 행동을 할 줄은 몰랐다.

"좋아, 어떻게 했는지는 나중에 듣는다 치고…… 갑자기 왜 뛰어내린 건데?"

"학교에 몰래 들어가야 하거든."

"왜?"

"교무실에 볼일이 있어서."

내가 표정이 조금만 더 다양한 사람이었다면 턱이 빠지도록 입을 벌렸을 것이다.

"한 번만 더 묻는다. 또 물어볼 일 없게 제대로 설명해. 교무실은 왜?"

"거기에 연주실의 비밀을 풀 열쇠가 있는 것 같아."

혜성을 혼자 보낸다는 선택지는 없었다. 근거가 있어 내린 판단은 아니었다. 이성적으로 생각해 보면 오히려 잘못된 답안이었다. 저렇게 자유로이 움직일 수 있는 사람에게 나는 짐에 불과할 테니까. 결국 이건 내 고집이었다. 내 눈 밖에서 혜성이 또 다른 비밀을 만드는 걸 견딜 수가 없었다. 같이 가겠다고 억지를 부리려던 그때였다. 혜성이 나를 향해 손을 뻗으며 물었다.

"같이 갈래?"

느티나무 이파리와 함께 혜성을 감싼 그늘이 흔들렸다. 그 탓에 혜성의 얼굴 위로 내려앉은 그림자도 쉴 새 없이 흔들렸다. 그 탓에 혜성의 표정이 어땠는지 보지 못했다. 그런데도 나는 혜성의 소매를 붙잡았다. 혜성의 발걸음이 평소보다 빨랐다. 그 속도를 힘겹게 따라가면서도 혹시 CCTV에 찍히지 않을지 주변을 계속 확인했다.

"걱정 마, 절대 안 들키는 길로만 골라서 갈 거니까. 학교 내부도 꿰고 있고."

내가 그렇게 속이 투명한가. 오히려 표정 없다는 소리를 많이 들었는데. 나는 주변 둘러보기를 포기하고 내 앞에 선 혜성을 응시하며 걸었다. 가만히 보니 눈에 띄는 점이 하나 있었다. 혜성은 가끔 어디론가 눈길을 주다 다시 앞을 바라보기를 반복했다. 그럴 때마다 갈색 눈동자가 붉게 보일 정도로 빛났다. 주변 불빛을 받아서 그리 보이는 걸까, 아니면 갈색 눈은 원래 어두울 때 붉게 보이는 걸까.

어느덧 우리는 4층에 도착해 있었다. 혜성은 연주실이 있는 쪽으로 걸음을 서둘렀다. 역시 혜성이 말한 교무실은 연주실 옆에 있는 걸 말하는 거였구나.

"교무실은 어떻게 열게?"

"방법이 다 있지. 여기 있는 잠금장치를……."

혜성은 손잡이를 붙잡자마자 홱 손목을 돌려 손잡이를 돌렸다. 잠겨 있다면 덜컥하기만 하고 열리지는 않아야 했다. 그러나 교무실 문은 돌아가는 손잡이와 함께 너무나 쉽게 열렸다.

"어떻게 한 거야?"

"몰라, 그냥 열렸어."

등줄기를 타고 소름이 쭉 올라왔다. 설마 아직 퇴근을 안 하신 건가, 어떻게 해야 하나 고민하던 그때 연주실 안쪽에서 또각거리는 구두 소리가 들렸다. 혜성은 아직도 자신의 소매를 붙잡고 있는 내 손을 꽉 잡더니 소리가 들리는 반대편으로 달려갔다. 그러고는 모퉁이를 돌자마자 벽에 몸을 기댄 채 숨을 죽였다. 이윽고 연주실 문 열리는 소리가 들려왔다.

갑작스레 벽에 붙은 탓에 혜성과의 거리가 가까워졌다. 손 말고는 몸이 닿지 않았는데도 마치 붙어 있는 것만 같았다. 나는 최대한 혜성을 외면하고 모퉁이 너머를 흘깃 바라보았다. 혜성은 그런 내 귓가에 평소보다 훨씬 나지막한 목소리로 말을 걸었다.

"교무실로 들어가실 때까지만 기다리자."

이렇게 가까이 붙어 있자 그동안 알아채지 못했던 혜성

의 향기가 코에 맴돌았다. 숲 한가운데서나 맡아 볼 법한 풀 냄새에 바람결이 덧붙여지면 딱 이런 서늘한 향이 날 것 같았다.

"세월아, 무슨 소리 안 들려?"

귀를 기울이자 희미하게 바이올린 소리가 들려왔다. 음악 선생님이 연주실을 다녀온 직후였다. 교무실 문이 닫히는 소리가 들리자마자 혜성은 재빨리 연주실 앞으로 달려가 손잡이를 붙잡았다. 그러나 연주실 문은 열릴 기미가 보이지 않았다.

"잠겼어."

방금 들렸던 구두 소리 말고 다른 발소리는 들리지 않았다. 그러니까 선생님이 교무실로 들어가는 그 짧은 사이 누군가 연주실을 들어가지는 않았다는 뜻이다. 뭔가 이상했다. 그 말은 연주실에서 온 선생님이 저걸 연주하는 사람을 눈치채지 못했을 리 없다는 뜻이니까.

"음악 쌤, 방금 연주실에서 나온 거 아니야?"

"응, 확실해."

"그럼 나오시면서 문을 잠그셨을 텐데……. 어떻게 저기서 바이올린 소리가 들리는 거지?"

"네 말은 어떻게 음악 선생님한테 들키지 않고 저기 있을 수 있냐는 거지?"

혜성은 연주실 문을 가리키며 대수롭지 않게 답했다.

"간단해, 음악 선생님에게 들키지 않을 필요가 없는 거야."

"뭐?"

"음악 선생님도 알고 있는 상황이라는 거지. 그럼 저기 있는 게 누구인지도 밝혀지지."

그 말을 듣자마자 혜성에게 들었던 이야기의 주인공이 떠올랐다. 열리지 않는 연주실 문 앞에서 버티고 서 있던 사람.

"성여름 말하는 거구나."

"그래, 그렇게 연주실 앞에서 버티고 있던 게 하루 이틀이 아니라면 선생님이 발견할 만도 한데 얘기가 나오지 않은 게 이상했어."

"한 가지 가정만 바꾸면 말이 되네. 선생님이 발견해도 아무런 문제가 없다면 말이야. 그런데 네 말대로라면……."

"그동안 성여름이 연주실을 찾아올 때마다 음악 선생님이 문을 열어 줬다는 뜻이지."

반대로 말하면 혜성이 성여름을 발견했을 때는 음악 선

생님이 미처 문을 열어 주지 못했다는 뜻이다.

"그러면 저번에는 네가 있어서 미처 나오시지 못한 거고, 달리 말하면 이게 남한테 들키면 안 되는 일이라는 거네. 특정 학생에게만 야간에 연주실 사용을 허락하는 건 공정하지 못해서인가?"

"겉으로는 그렇겠지. 하지만 조금 더 깊이 생각해 봐."

"공정하지 못하게 대하는 이유가 뭔지 맞혀 보라는 거야?"

"응, 근데 지금 당장 맞히기를 바라는 건 아니야. 그건 나도 아직 모르니까. 거기서부터 출발해야 한다는 거지."

혜성은 주머니에 있던 휴대폰을 꺼내 재빨리 녹음 앱을 실행했다.

"시간을 들이면 연주실 문이야 열 수 있지만 되도록 흔적 없이 돌아가는 게 낫겠어. 우선 연주라도 녹음해 가자."

그때 받았던 음성 파일과 똑같은 곡이었다. 그때도 그랬지만 여전히 제목이 뭔지는 몰랐다. 분명 곡 자체는 무섭다는 느낌이 들지 않는데 계속 같은 곡만 반복되니 어딘가 섬찟했다.

"가브리엘 포레의 〈베르쇠즈〉."

"뭐?"

"우리나라 말로는 자장가라는 뜻이야. 소리가 깔끔하네. 그냥 취미 수준은 아닌 것 같은데."

"이 곡을 어떻게 알아? 클래식 좋아해?"

"주워들은 게 좀 많거든."

한밤에 학교에서 듣는 자장가라니 기분이 좀 이상했다. 나는 녹음이 끝날 때까지 문 너머로 들려오는 연주를 가만히 들었다. 이쯤이면 되지 않을까 싶어 돌아가자고 말하려던 때였다.

"자장가 하니까 말인데, 요즘은 악몽 안 꿔?"

그 말에 작년 일이 떠올랐다. 도서관에서 깜빡 잠들어 악몽을 꾼 것도 모자라 혜성에게 들켰을 때 얼마나 당황했는지 모른다. 꿈에서 한 줄 알았던 말을 잠꼬대로 했다는 걸 들었을 때는 심장이 내려앉는 줄 알았다.

그때는 왜 내가 그런 잠꼬대를 해서, 라고만 생각했다. 하지만 지금 생각해 보니 뭔가 위화감이 들었다. 나는 그때를 빼고는 한 번도 잠버릇으로 지적받은 적이 없었다. 자습실에서 가끔 엎드려 잠들었을 때도 시끄럽다는 핀잔 한번 듣지 않았다. 잠깐 악몽을 꿨던 날도 마찬가지였다.

나는 피어오르는 의심을 숨기려 그때의 일을 기억에서 지웠다는 듯 답했다.

"악몽?"

"전에 도서관에서 잠들었잖아."

만약 내가 그때 잠꼬대한 게 아니었다면. 사실 혜성이 내 기억을 지워서 내가 이 모든 이야기를 혜성에게 해 주고도 기억하지 못하는 거라면.

"기억 안 나나 보네. 그때 일 때문에 너를 상담해 주고 싶다고 한 거였는데."

"뭐?"

"하긴 그동안 굳이 강조하진 않았지. 네게 예민한 문제일 테니까 함부로 꺼내면 안 된다고 생각했어."

그런데 왜 이 타이밍에 그 이야기를 꺼내는 걸까.

"그때 네 모습이 계속 마음에 남더라고. 널 상담해 주고 싶다는 말을 또 하려는 건 아니야. 다만 그때 일로 아직도 악몽을 꾸는지 묻고 싶었어."

혜성이 무엇 때문에 나를 걱정하는지 모른다. 설령 내가 혜성에게 무언가를 털어놓았다고 해도 어디까지 털어놓은 건지도 모른다.

이제 모른 척하는 건 한계였다. 주먹이 저절로 꾹 쥐어졌다. 울분이 터져 나오는 대신 차갑게 가라앉아 그렇지 않아도 낮은 목소리 톤이 더 낮아졌다.

"왜, 아직도 꾸고 있다고 말하면 꿈꾼 기억도 전부 지워 버리게?"

목소리가 점점 작아졌다. 작아지는 만큼 고개도 저절로 내려갔다. 울먹여서도 분에 차서도 아니었다.

"나 그렇게 멍청하지 않아. 주변을 볼 눈도 있고 소문을 들을 귀도 멀쩡히 달렸어."

결국에는 이렇게 말하고야 마는 내가 싫었다. 혜성이 무언가를 숨기면 숨길수록 그 사실만 또렷해질 뿐이었다. 그런데도 혜성은 나한테서 그것조차 숨길 수 있다는 듯 행동했다.

"너는 왜 내가 아무것도 모른다는 것처럼 대하는 건데?"

혜성이 내게 휘둘리는 걸 보는 게 좋았던 이유를 알 것 같았다. 그때만큼은 내가 혜성의 손바닥 위에 있다는 생각이 들지 않았다.

"천천히 말해 주겠다고? 그게 제대로 말해 주지 않겠다는 말이랑 뭐가 달라? 네가 말하는 게 장난인지 진실인지 매번 알아맞혀 보라는 거야? 적어도 내가 모르는 네 비밀은 네게서 듣고 싶어. 주워듣는 게 아니라 네 입에서 나오는 말을 직접 듣고 싶다고."

혜성의 표정을 보고 싶어도 도무지 고개를 들기 어려웠

다. 내 표정이 어떤지 나조차도 알 수 없었다. 주변에 창문이라도 있다면 창을 거울 삼아 내 얼굴을 확인할 수 있었을 텐데.

"그러니까 말할 거면 잘 정리해서 한 번에 말해. 네가 말한 봄까지 열심히 기다려 줄 테니까."

충동적으로 뱉은 말이었다. 어차피 네게서 비밀을 듣겠다는 약속은 받아 냈으니까. 너는 평소처럼 미소로 넘길까, 아니면 휘둘리는 척해 줄까.

"어린애라고 생각한 적 없어."

꾸며 낸 티가 묻어나지 않았다. 담담하지만 드문드문 떨리는 목소리가 자그맣게 울렸다.

"너한테 미움받는 게 너무 두려워. 그래서 네 앞에서는 모든 걸 숨기게 돼."

나는 천천히 시선을 올려 혜성의 눈빛을 바라보았다. 갈색 눈동자가 붉어졌다 사그라들기를 반복했다. 그 간격이 마치 통제할 수 없다는 듯 불규칙하게 널뛰었다.

"네게 어쩔 줄 모르는 내가 어린애 같다고 느낀 적은 있어도, 너를 그렇게 생각한 적은 단 한 번도 없어."

혜성은 말을 마치자마자 나를 향해 팔을 뻗었다. 손은 펼치지 않은 채였다. 아까처럼 소매를 잡고 따라오라는 것 같았다.

"돌아가자. 더 길어지면 들킬지도 몰라."

나는 소매를 붙잡고 혜성의 걸음을 쫓았다. 계단을 한 단씩 내려갈 때마다 아까 맡았던 풀 향기가 잠깐씩 코끝을 스쳤다. 한번 의식하고 나니 계속 느껴졌다. 마지막 계단을 앞둔 순간이었다.

"그리고 내가 아까처럼 그렇게 장난스럽게 행동한 건, 그렇게 말하던 때가 그리워서 그래."

그렇게 말하던 때. 그게 언제인지는 바로 알 수 있었다.

"내게 마냥 살갑게만 굴지 않던 네가 보고 싶었나 봐."

혜성은 그 말을 하며 내 쪽으로 몸을 돌렸다. 차마 더 물을 수가 없었다. 분명 미소 짓고 있는 얼굴인데 저 눈가에 눈물을 덧그리면 잘 어울릴 것 같다는 생각이 들었다.

"내가 널 막 대하기를 바라는 거야?"

"솔직하게 대하면 다 좋아."

어차피 내가 기억하지도 못하는 때를 따라 할 생각은 없었다.

"나중에 다 말해 줄게, 그때 말해 준 것 전부."

잊은 진실은 이제 너의 입을 통해서만 들을 수 있구나. 그렇게 생각하니 아직 혜성의 손바닥에서 벗어나지 못했다는 생각에 답답함이 가시지 않았다. 그나마 다행인 건 휘둘리는 건 나만이 아니라는 사실이었다.

## 10. 문제와 해설

그날 저녁, 소원은 자습 중 쉬는 시간이 되기 무섭게 김해원을 찾아갔다. 김해원이 자리에서 일어나기 무섭게 달려가 그 앞을 가로막고 뭐라 할 틈도 없이 냅다 칭찬을 쏟아부었다.

"축제 때 했던 방 탈출 게임, 네가 기획한 거라며?"

"기획? 아니야, 난……."

"아, 기획이랑 시나리오는 다른가? 아무튼 축제 때 해 보고 진짜 재밌다고 생각했거든."

당연 거짓말이었다. 그래도 들키지 않을 자신은 있었다.

"정말?"

"네가 썼다고 들었을 때 역시나 싶었어. 하긴 작가가 아니고서야 이렇게 쓰기 어렵지."

"작가라니, 아직 등단도 못 했는걸."

"웹소설도 올린다며? 반응도 좋고."

세월이 이미 비슷한 화제를 꺼낸 탓에, 김해원은 혹시나 하는 마음으로 소원을 살짝 경계했다. 그러나 계속해서 쏟아지는 칭찬에 도무지 따지고 들 정신이 없었다.

"원작을 미묘하게 비튼 것도 좋았어. 원작 내용을 알고 있는 사람은 도리어 추리하게 어렵게 만들었잖아. 크레이븐 씨가 다른 선택을 했으면 어땠을까 생각해 본 거지?"

"그걸 의도하고 썼지."

"그 해석이 정말 좋더라. 하지만 내가 크레이븐 씨였다면 원작처럼 정원에 아무도 들어오지 못하게 했을 거야. 그래도 아내와의 소중한 추억이 깃든 공간이잖아."

들뜬 목소리가 꾹 닫아 두려 했던 마음을 쉴 새 없이 두드려 댔다. 김해원은 끊임없이 쏟아지는 소원의 감상에 자신도 모르게 웃음을 터뜨렸다.

"맞아, 나라도 그랬을 거야. 정원은 크레이븐 부부가 함께한 시간이 고스란히 담긴 곳이니까. 설령 부인이 정원에서 죽었다고 해도 미처 파괴할 엄두는 못 냈겠지."

"크레이븐 씨는 왜 정원을 부수려고 했던 걸까?"

만약 김해원이 조금만 신경 썼다면 그 질문의 의도가 뭔지 금방 유추했을 것이다. 그러나 김해원은 어느새 대화 자체에 푹 빠져 있었다. 자기 작품에 대해 이렇게까지 깊게 이야기할 기회가 별로 없어서이기도 했다.

"아내를 잃었다는 사실을 인정하고 싶지 않았던 거 아닐까?"

"복수가 아니라?"

"복수?"

"따지고 보면 정원이 아내를 죽인 거나 마찬가지잖아."

김해원은 그 말에 곧바로 대답하지 못했다. 멋쩍은 웃음과 함께 변명에 가까운 첨언이 돌아왔다.

"그런 말 있잖아, 등장인물이 작가의 통제에서 벗어나는 순간이 있다고. 이야기를 쓰다 보니 어느새 크레이븐 씨가 나도 예상치 못한 방향으로 움직이더라고."

"너도 크레이븐 씨의 속내는 모른다는 거야?"

"응, 정확히는 모르겠어."

소원은 흥미롭다는 듯 눈을 반짝이며 계속 말을 덧붙여 나갔다.

"정원사 캐릭터를 그런 식으로 쓴 것도 흥미로웠어. 원작에서 그렇게 분량 있는 인물은 아니잖아."

"난 그게 아쉽더라고. 작가가 충분히 잘 써먹을 수 있는 인물이라고 생각했거든."

"정원사가 크레이븐 씨로부터 정원을 지킨 건 그게 자기 의무라고 생각해서일까?"

"그건 아닐 거야. 정원사는 크레이븐 씨가 고용했으니 오히려 그 뜻을 따르는 게 의무겠지. 정원을 지키는 건 의무 이상의 감정일 거야."

방금까지 등장인물이 자기 마음대로 움직이기도 한다고 말한 것과는 상반되는 대답이었다. 김해원은 자신의 말에 담긴 모순을 눈치채지 못했다. 제 작품에 대해서 이렇게 길게 이야기해 본 게 처음인 탓이 컸을 것이다. 소원은 그 틈새를 놓치지 않았다. 그러나 굳이 꼬집지도 않았다. 겨우 열린 마음의 문에 자물쇠 채우는 짓을 할 필요는 없으니까.

"방 탈출 할 때 틀어 준 음악도 분위기랑 잘 어울리더라."

"음악?"

"네가 음원을 줬다던데? 그런 음악은 어디서 가져온 거야?"

소원은 김해원의 입꼬리가 미묘하게 일그러지는 걸 금세 눈치챘다.

"혹시 기분 나빴어?"

"아냐, 기분이 왜 나빠."

"표정이 안 좋길래. 난 그냥 음악이 좋아서 궁금했을 뿐이야. 혹시 곡 제목이 뭐야?"

김해원은 제목이 뭐냐는 질문에는 경계심을 보이지 않았다. 그런 음악을 어떻게 준비했느냐는 질문과 곡 제목이 무엇이냐는 질문은 명백히 달랐다. 세월과 소원 모두 알고 싶어 하는 건 전자 쪽이었지만, 소원은 김해원이 그 질문에는 대답해 주지 않으리라는 걸 알았다.

"미안, 나도 잘 몰라. 아는 사람한테 시나리오를 주고 어울리는 음악을 골라서 연주해 달라고 부탁한 거거든."

"정말? 주변에 바이올린을 이렇게 잘 켜는 사람이 있어?"

김해원이 다시 경계심을 품을 틈도 없이 소원은 얼른 칭찬으로 화제를 돌렸다.

"연주 정말 좋더라. 잘 들었다고 전해 줘."

"그래, 꼭 전해 줄게."

누군지 물어서 의심을 살 바에야 이쯤에서 물러나는 게 나았다. 연주는 김해원 본인이 한 게 아니었다. 그 정도면 충분한 정보였다. 방금 본관에서 세월과 혜성이 무얼 알아냈는지 몰랐기에 소원은 이 정도면 충분한 수확이라 생각하고 속으로 기뻐했다.

"헉, 벌써 쉬는 시간 끝나 가네. 시간 뺏어서 미안."

"아냐, 재밌었어."

"다행이네. 앞으로도 종종 이야기 나누자. 그때 상담 온 이후로는 얼굴 자주 못 봤잖아."

떠보기 위한 말만 잔뜩 쏟아 냈다 하더라도 마지막 말만큼은 진심이었다. 소원은 빈말은 못 하는 사람이었다.

\* \* \*

토요일의 햇볕은 유달리 아침잠을 불렀다. 나는 졸음을 겨우 이겨 내고 나갈 준비를 마쳤다. 학교 측에서는 오늘부터 이틀간 외출을 허가했다. 개학 직전까지 방학 특강을 성실히 수행한 학생들을 위한 학교의 배려인 동시에 의심을 사지 않고 학교 사람이 없는 곳에서 이야기를 나눌 수 있는 기회였다. 부실에서 이야기해도 듣지 못하는 건 매한가지지만 마지막 주말까지 학교에 틀어박혀 있는 것보다는 나았다.

공지가 내려온 금요일 저녁, 혜성과 소원은 토요일에 밖에서 시간 보낼 생각이 없느냐고 물어 왔다. 소원이 SNS에서 본 카페라며 사진을 들이미는 모습을 직접 봤다면 누구도 거절할 수 없었을 것이다.

"임혜성도 할 이야기가 있다고 하고, 나도 말해 줄 게 있어. 긴 이야기가 될 것 같으니까 이왕이면 분위기 좋은 곳에서 하면 좋겠는데."

반대할 이유가 없었다. 딸기가 잔뜩 들어간 초콜릿 롤케이크 사진을 보지 않았더라도 동의했을 것이다.

혜성이 할 이야기라면 아마도 어제 일 때문일 것이다. 교문을 나오자마자 정문에서 기다리고 있던 혜성이 눈에 들어왔다. 평소 교복 입은 모습만 봐서 그런지 셔츠에 카디건까지 입은 모습에 잠깐 주춤했다. 반면 나는 교복 위에 입던 바람막이에 맨투맨 정도면 외출하는 데 무리 없겠다고 생각했다. 어차피 교복 위주로 입으니 예쁜 옷에 대한 욕심도 없었다.

"왔어?"

그새 나를 발견했는지 혜성이 내 쪽으로 다가오며 환히 웃었다. 나도 모르게 후회 담긴 푸념이 절로 나왔다.

"이번에 나가면 옷 좀 사야겠어."

"다음 주면 새 학기니까?"

"그것도 있고."

눈치 빠른 애가 이런 순간에는 왜 둔한 척을 하는지 모르겠다.

"아니면 내가 너무 깔끔하게 입고 와서?"

이어지는 말이 더 극적으로 보이도록 일부러 그런 건가.

"비슷해."

"취향 차이인데, 뭘. 난 깔끔한 걸 좋아하는 거고 넌 귀엽게 입는 게 취향인 거지."

"뭐?"

어제 그렇게 울적한 표정을 보여 준 바람에 잠깐 잊고 있었다. 혜성이 사람 속 뒤집는 데 재능 있는 애라는 걸.

처음 봤을 때는 그런 기색이 전혀 없었는데, 좀 편해져서 그런가 하고 마냥 넘기기에는 혜성이 했던 말이 계속 마음에 걸렸다. 장난스럽게 말하던 때가 그립다는 말이. 기억도 없는 순간이 다른 어떤 기억보다도 신경 쓰일 줄이야.

"세월아!"

복잡해질 뻔한 심경을 개운하게 해 주는 목소리가 뒤편에서 들려왔다. 왜 이제 왔느냐며 가볍게 핀잔을 건넬 준비를 하던 찰나였다. 고개를 돌린 순간 전혀 예상하지 못한 소원의 모습이 눈에 들어왔다.

"어때? 이거 예쁘지! 방학 시작할 때 사 놓고 한 번도 못

입었거든."

옷이 예쁘지 않다는 게 아니었다. 다만 옷을 잘 입는다는 말은 맥락에 맞게 입는다는 뜻을 포함한다는 걸 실감시켜 주었을 뿐이다.

"우리 어디 가는 건지는 알지?"

"카페 가기로 한 거 아냐? 나간 김에 점심도 먹고 오고."

"근데 금박 입힌 분홍색 두루마기를 입고 온 거야? 그 병아리색 저고리랑 다홍색 한복 치마도?"

"응, 자세히 봐 봐. 치마에 그려진 이거, 벚꽃 무늬다? 벚꽃 피면 한 번 더 입으려고."

나는 나름 비장하게 소원의 어깨 위에 양손을 올리며 말했다.

"소원아, 안 그래도 내가 오늘 옷을 사러 갈까 했거든."

"옷을? 갑자기 왜?"

정말 모르고 있구나. 취향은 존중하지만 같이 다닐 용기까지는 없었다. 간만에 외출에서 사람들의 주목을 받고 싶지는 않았다.

"아냐, 내 이유가 갑자기 아무것도 아닌 것처럼 느껴지네."

"안 사려고?"

"사려고, 네 옷."

\* \* \*

카페에 가기 전 옷 가게부터 들르게 된 건 자연스러운 일이었다. 소원이 옷을 이것저것 갈아입는 사이, 나는 소원의 한복을 받아 든 채 쇼핑이 끝나기를 기다렸다. 직원의 무난한 추천 덕에 쇼핑은 금방 마무리될 것 같았다.

가게 조명을 받으니 소원의 치마에 그려진 금빛 자수가 유난히 빛났다. 가지를 따라 피어난 금빛 벚꽃들을 보니 김해원이 썼던 단편이 떠올랐다. 생각해 보면 벚꽃이나 방 탈출 시나리오 속 정원처럼 작품 소재에 의미가 담겨 있을 수도 있었다. 그동안은 이야기 속 인물이 누굴 나타내는 건지만 생각했다. 그 소재가 은유하는 건 뭘까.

소원은 입고 왔던 저고리 위에 두루마기가 아닌 후드가 달린 외투를 사서 걸쳤다. 발목 아래까지 왔던 한복 치마 대신 입을 면바지도 장만했다.

"됐지? 이제 카페 가자. 거기 롤케이크 되게 빨리 품절된다더라."

카페에 도착했을 때 소원이 보여 준 표정은 정말 볼만했다. 그렇게 대놓고 행복해하는 표정은 정말 오랜만이었다. 나는 소원이 노래를 부르던 디저트를 가만히 보다가 내 취향에 맞는 것을 골라 주문했다.

"오렌지잼 판나코타랑 자몽 생크림 케이크요. 아, 딸기 초콜릿 롤케이크도 하나 주세요. 혜성이 넌 먹고 싶은 거 없어?"

"괜찮아, 나는 단건 별로라."

문득 처음 봤을 때 혜성이 무턱대고 초콜릿을 들이밀던 게 떠올랐다.

"네가 단것 중에는 초콜릿을 제일 좋아한다며. 종종 초콜릿 들고 다니잖아."

"내가 언제?"

"기억 잃기 전에."

옆에서 대화를 듣던 소원이 콜록하고 기침하는 소리가 들렸다. 그러고 보니 소원한테는 내가 눈치챘다는 이야기를 하지 않았다.

"설마 임혜성이 말했어?"

"아니, 아직. 순순히 말해 주지는 않더라고. 좀 더 기다리래."

"기억 잃어버린 얘기까지 나왔으면 다 나온 건데 뭘 더

질질 끈대."

그래도 기억을 지운 게 제일 핵심적인 내용인 모양이었다. 기억을 지울 정도로 대단한 비밀이 있나 싶었는데 괜히 긴장했나 싶었다.

제일 먼저 입을 연 건 혜성이었다.

"아무튼 오늘은 연주실 일 때문에 모인 거니까 얼른 그 얘기부터 나눠 보자."

혜성은 어제 나와 같이 연주실 복도에서 있었던 일을 낱낱이 설명했다. 소원은 위험할 뻔했다며 가볍게 책망을 남기기는 했으나 계속 뭐라 하지는 않았다. 교무실에 들어가려고 했던 이유도 지금에야 들을 수 있었다.

"다들 느꼈겠지만, 김해원은 소설 속 연인 중 그 누구도 아니야."

왜 그렇게 생각했는지 묻기도 전에 소원이 얼른 한마디를 치고 들어왔다.

"나도 그렇게 생각해. 김해원과 이야기 나눴을 때 느낀 건데, 걔는 방 탈출 시나리오의 주인공 격인 크레이븐 씨의 심리에 대해서는 잘 설명 못 하면서 정원사의 의도는 신나서 얘기하더라고."

"자기가 그린 인물의 심리를 모르는 일은 꽤 드물지. 그럴 만한 이유가 없다면 말이야."

그럴 만한 이유. 나는 그 이유가 무엇인지 재빨리 대답했다. 우리가 지금껏 김해원의 시나리오와 소설을 분석하고 있던 이유기도 했다.

"누군가를 관찰한 거구나. 그걸 바탕으로 등장인물을 만든 거고. 그래서 어떻게 행동할지는 알아도 속내는 본인도 모르는 거야."

"그 말은 그 누군가가 어떤 행동을 했는지는 잘 알면서도 왜 그런 일을 했는지 물어볼 기회는 없었다는 뜻이네. 크레이븐 부부에게 가까이 다가갈 수 없는 정원사처럼."

"그럼 정원사가 김해원이라고 치고, 크레이븐 부부는 누굴 말하는 건데?"

혜성은 약간 주저하다가 살짝 가라앉은 목소리로 두 명을 언급했다.

"음악 선생님이 크레이븐 씨, 성여름이 크레이븐 부인인 것 같아."

만약 음료를 입에 머금고 있었다면 그대로 뿜었을 것이다. 설마 두 사람이 사귀기라도 한다는 건가. 둘 다 여자인 건 별 상관없었다. 다만 나이 차이가 열 살도 넘는다는 게 문제였다. 심지어 한쪽은 미성년자였다.

"그건 범죄 아냐?"

"두 사람이 애인 사이라는 뜻이 아니야."

"하지만 두 작품의 공통점은 그 둘이 연인 사이라는 거잖아."

"공통점은 하나 더 있지. 한쪽은 다른 쪽이 벌이려던 짓을 모른다는 거. 크레이븐 부인은 죽었고, 단편 속 환자는 의식 불명 상태니까."

혜성은 시선을 아래로 내린 채 말을 이었다.

"내가 예전에 마주쳤던 성여름은 적어도 제정신으로 보이지는 않았어. 내가 바로 옆에 있는데 전혀 눈치채지 못하더라고, 마치 잠든 것처럼."

잠자코 듣고 있던 소원이 입을 열었다.

"몽유병이네."

"몽유병?"

"가끔 가족이 자는 채로 걸어 다닌다면서 귀신 들린 것 같다고 무당집에 데려오는 경우가 있는데, 귀신이고 뭐고 엄마 눈에도 아무것도 안 보이는 거야. 그런 경우는 그냥 병원 가라고 하거든. 십중팔구 몽유병 진단받더라."

숟가락을 내려놓으며 한숨 쉬는 걸 보니 본인이 하는 말에 본인 마음이 불편해진 듯했다.

"귀신이 들렸다고 생각할 정도로 정신 상태가 힘드니 그런 증상이 나타나지. 왜 그런 일이 일어나는지 궁금해서 찾아봤는데 스트레스가 원인이래."

"그게 사실이면 별로 좋은 상황은 아니네. 성여름 데리고 얘기해 봤자 이런 일이 있었다는 것 자체를 모를 수도 있다는 거잖아."

성여름에 대한 동정보다 먼저 몰려온 건 일이 훨씬 골치 아파졌다는 것에 대한 짜증이었다. 소원은 자기 미간을 가리키며 나를 빤히 쳐다보았다. 그제야 내가 얼굴을 찌푸리고 있다는 사실을 깨달았다. 혜성은 그 모습을 가만히 보더니 다시 화제를 돌렸다.

"생각해 봐, 만약 크레이븐 씨가 음악 선생님을 뜻하는 거라면 이 상황이 말이 돼. 설령 김해원은 음악 선생님이 뭘 하고 있는지 안다고 쳐도 차마 제대로 이유를 물을 수 없었겠지."

소원은 뭔가 마음에 안 든다는 듯 롤케이크를 포크로 꾹 누르며 반박했다.

"그 말은 김해원이 음악 선생님을 관찰하고 있다는 뜻이기도 하잖아. 따로 친분이 있는 게 아니고서야 말이야. 음악 선생님은 우리보다 열 살도 더 많은데 사적인 접점이 있을 리도 없고."

접점이 정말 없을까. 그 순간 김해원에게 음악의 출처를 물었을 때가 떠올랐다. 정말 수상할 정도로 타이밍 좋게 음악 선생님이 나타나서 김해원을 데려갔다.

"있을지도 몰라."

나는 음악 선생님이 김해원을 따로 불렀던 일을 간단히 언급했다. 그러자 혜성의 낯빛이 급속도로 어두워졌다. 그는 입 주변을 움켜잡으며 가라앉은 목소리로 걱정을 토해 냈다.

"생각보다 심각할 수도 있겠는데. 둘 사이에 무슨 일이 있었든 선생님이 주도권을 잡고 있을 가능성이 커. 최악의 경우에는 협박당하고 있을 수도 있어."

"흐, 흡븍?"

"소원아, 삼키고 대답해. 그나저나 진짜 협박이면 심각한 사안이라는 건 알고 말하는 거지?"

"그럴 수도 있다는 거지. 어떤 가능성이든 염두에 둬야 하잖아."

정리해 보면 성여름은 몽유병을 앓는 바람에 밤중에 연주실을 드나들고, 음악 선생님은 그걸 용인하고 있었다. 그리고 김해원은 아마도 그 모든 것을 알고 있으나 그 일에 깊게 관여하지 못하고 있다. 오히려 음악 선생님에게 휘둘리고 있을지도 모른다. 김해원을 통해 정보를 더 얻어 내는 건 어려울 것 같았고, 성여름은 아마 자신이 이런 짓을 하는 줄 모를 수도 있었다.

여기까지 생각이 정리되고 나니 왜 혜성이 굳이 밤중에 교무실을 들어가려고 했던 건지 이해가 됐다. 혜성은 이 가설을 이미 세운 모양이었다. 그걸 나는 이제야 깨달았다는 생각에 입안이 썼다. 그때 소원의 치마를 보고 들었던 생각이 다시금 떠올랐다.

"등장인물은 그렇다 치자. 그럼 소설에서 벚꽃은 뭘 의미하는 걸까?"

소원은 쇼핑백에 담아 둔 한복 치마를 흘깃 바라보았다.

"벚꽃이라면 소설에서 환자 몸에 핀 거 말하는 거지?"

"맞아. 그리고 시나리오에서도 정원이 뭘 의미하는지 아직 생각해 본 적 없지 않아?"

혜성은 허를 찔렸는지 눈꺼풀을 들어 눈을 크게 떴다.

"배경까지는 생각해 본 적 없는데……."

"잘 생각해 보면 의미가 있지 않을까?"

"의미야 있겠지만 지금 상황에서는 그게 정확히 뭔지 추론하기 힘들어. 하지만 몇 가지 단편적인 정보는 얻을 수 있지."

소원은 그 말을 듣자마자 얼른 예시를 들었다.

"벚꽃이 뭔진 몰라도 그게 김해원과 음악 선생님이 중요하게 여기는 무언가라는 것은 알 수 있다는 뜻이지?"

"맞아, 단계 들어가니 평소랑 달리 머리가 좀 돌아가나 보네."

"네가 비정상적으로 똑똑한 거지 내가 멍청한 게 아냐."

저러다 싸우기만 하지 대화가 더 진전될 것 같지 않을 것 같았다. 나는 얼른 마지막 한 입을 넣자마자 의자에서 일어나 자연스레 자리를 파했다.

"다 먹었으면 일어나자."

## 11. 호기심

입학식을 참관한 뒤에야 새 학기가 곧 시작된다는 게 실감이 났다. 이제 전교생 수는 두 배가 됐다. 신입생은 왔는데 정작 사서 선생님이 새로 오지 않아서 신입생의 대출 권한을 설정하는 건 내 몫이었다.

그래도 올해부터는 공강 시간이 생겨서 다행이었다. 필수 과목만 듣는 1학년과 달리, 2학년부터는 수강 신청을 따로 해서 듣고 싶은 과목을 골라 들었다. 그 덕에 낮 동안 한두 시간 정도는 수업 없이 자유로이 보낼 수 있었다.

공강 시간에 사서 일을 전부 끝내야 점심시간을 뺏길 일이 없었다. 얼른 처리해야겠다는 생각으로 모니터를 계속 쳐다봤더니 눈이 아팠다. 그 탓에 시선이 저절로 초목이 가득한 창문 속 풍경을 향했다.

봄비가 가늘게 내렸다. 꽃봉오리조차 제대로 피우지 못한 나뭇가지들이 이리저리 흔들렸다. 이 학교에 처음 왔을 때 보았던 풍경이었다. 그게 정확히 일 년 전이라니.

그때 잔잔한 빗소리 사이로 낯선 목소리가 비집고 들어왔다.

"이세월 맞지? 고민 상담 받으러 왔는데."

의외의 방문에 나는 놀랄 수밖에 없었다. 성여름을 이렇게 금방 만나게 될 줄은 몰랐다. 다행히 한눈에 알아보기는 했다. 연주실 사건에 연관되어 있다는 걸 안 뒤에는 학교 홈페이지 앨범에서 따로 얼굴을 찾아보기까지 했으니까.

"부실이 닫혀 있던데, 혹시 낮 동안은 운영 안 하는 거야?"

상상한 것보다 훨씬 편안한 목소리였다. 김해원에게 양 어깨를 붙들려 이리저리 흔들리던 모습이 성여름의 첫인상이었다. 그때는 금방이라도 쓰러질 것처럼 위태로워 보였는데 지금은 조금 피곤해 보이기는 해도 말짱한 기색이었다.

"지금 상담받게? 공강인 부원이 나뿐이라 받을 거면 나한테 받아야 해. 특별히 받고 싶은 상대가 있는 거라면 다른 시간에 와도 되고."

"아냐, 세월이 너한테 받고 싶어서 온 거거든."

이런 경우는 또 처음이었다. 혜성한테 호감을 보이고 온 몇몇을 제외하면 보통은 누구든 상관없다고 답하기 일쑤였다.

"우리 본 적 있나? 나는 너 처음 보는데."

"당황했다면 미안. 친구가 네 상담이 좋았다고 추천해 줬거든."

"그래? 누군지 궁금하네."

"미안해, 그건 말하지 말아 달래서……. 근데 진짜 거짓말 아냐."

그 말 하나로 친구가 누구인지는 바로 알 수 있었다. 다만 이상한 점이 있다면 왜 김해원이 성여름을 이곳으로 유도했는가였다. 김해원은 성여름의 존재를 숨기고 싶었던 게 아니었나.

나는 한 올의 기대와 한 움큼의 의심을 쥐고 부실의 문을 열었다. 꽃샘추위가 창문을 뚫고 들어오지 못하는 탓에 햇빛이 비치는 부실은 완연한 봄이었다. 오늘 아침 소원이 가져온 라일락 향 디퓨저도 한몫했다. 나는 구석에 있던 빈 상담 일지 용지를 꺼내 탁자 위에 올려놓았다.

"이름이랑 반 불러 줘."

"성여름, 1학년 6반…… 아니, 2학년 1반이야."

"반 배정은 잘됐어?"

"그럭저럭. 친한 애들도 몇 명 있고 담임 선생님도 나쁘지 않아."

분위기를 풀려고 억지로 꺼낸 잡담이라 그런지 말투가 어색했다. 그냥 바로 본론을 꺼내는 게 나을 것 같았다.

"교우 관계 때문에 온 건 아닌 것 같네."

"응, 그냥 개인적인 문제야. 나름 해결하려고 노력해 봤는데 잘 안돼서."

성여름은 한숨을 푹 내쉬며 별 어려움 없이 고민을 꺼냈다. 그럴 만도 했다. 맥락 없이 고민만 들으면 지금껏 들어온 의뢰에 비해 가벼운 문제처럼 느껴졌다.

"요즘 아무리 많이 자도 피로감이 가시지를 않아."

"언제부터 그랬는데?"

"2학기 때도 종종 이럴 때가 있었는데 방학 동안 더 심해졌어."

웃는 상이라 늦게 눈치챘는데 자세히 보니 다크서클이 눈꺼풀 위까지 올라올 정도로 짙게 나 있었다. 며칠씩 밤새워도 저 정도는 안 생기던데.

"잠은 하루에 몇 시간 자는데?"

"방학 중에는 너무 피곤해서 양해를 구하고 일찍 잤어. 보통 열 시기는 한데 가끔은 더 이르게 잠든 적도 있었어."

"열 시? 기상 시간이 일곱 시니까 거의 아홉 시간은 잔다는 거네."

자는 도중에 무슨 일이 일어나는지 모르니 고역이었을 것이다. 이유도 모르고 수면 시간을 뺏기는 거니까.

"예전과 비교해서 이상한 점은 없고?"

"손끝이 좀 아리기는 해. 원래 가끔 이래서 기분 탓인가 싶기도 하고."

"잠깐 손을 좀 봐도 될까?"

나는 성여름이 내민 손을 뚫어지게 살폈다. 왼 손가락 끝에 박인 희미한 굳은살이 눈에 띄었다. 거기가 바이올린의 현을 집는 부분이라는 건 금세 알아챌 수 있었다.

선택해야 했다. 알아채도록 도와야 할지, 아니면 제대로 결론이 나기 전까지 당사자에게도 숨겨야 할지. 결론을 내리는 데는 오랜 시간이 걸리지 않았다.

"너 룸메이트는 누구야?"

"올해는 독실이야. 그건 왜?"

이 정도로 귀찮은 방식을 써 가며 해결할 생각은 없었다. 내가 모르는 곳에서 비일상적인 일이 벌어져 봤자 알게 뭔가 싶었으니까.

"제안하고 싶은 게 있어서. 충분히 불편한 부탁일 테니까 거절해도 괜찮아."

"무슨 부탁을 하려고?"

하지만 알아 버린 이상 신경 쓰이는 건 어쩔 수 없었다. 이유 모를 일이 일어나고 있다는 걸 알고 나면 그것에 온 정신이 쏠려 외면하기가 힘들었다. 감정에 무딘 내게 호기심은 몇 되지 않는 또렷한 감정이었다.

"당분간 네 방에서 같이 지내도 돼?"

역시 미친 소리기는 했나 보다. 성여름의 눈이 어찌나 커지는지 일부러 그런 표정을 짓기도 힘들 정도였다. 그런데도 의외의 대답이 돌아왔다.

"오늘부터?"

내 짐을 성여름의 방으로 옮긴 건 그날 저녁이었다. 대체 김해원이 나에 대해 뭐라고 말했기에 처음 이야기해 본 애를 불쑥 자기 방으로 들이나 싶었다. 사감 선생님 몰래 베개를 옮기던 도중 성여름은 머뭇거리더니 갑자기 복도 한가운데에 우뚝 멈춰 섰다.

"말할 게 있어."

"뭔데?"

"있잖아, 사실 내가 피곤한 이유로 하나 짐작 가는 게 있어."

"뭐야, 왜 안 말했어?"

"그게 아니기를 바랐거든. 다른 이유가 있기를 바랐는데 아무래도 내가 생각한 게 맞는 것 같아서."

성여름은 내 쪽을 향해 몸을 홱 돌렸다.

"어릴 때 몽유병 진단을 받은 적 있어."

기다려 왔던 말이다. 나는 성여름의 고백을 행여나 끊을까 두려워 최대한 숨을 죽였다.

"그런데 최근에 증상이 재발하기 시작한 것 같아. 저번에는 정신 차려 보니 기숙사 복도에서 누가 나를 붙잡고 있더라고."

김해원과의 일을 말하는 듯했다.

"나였다면 말이야."

"응?"

"내가 만약 그런 상황이었다면 방 같이 쓰는 걸 허락하지 않았을 거야."

"아, 미안해. 내가 민폐를……."

"말해 주기 힘든 이야기일 텐데 미리 해 줘서 고맙다는 거야."

"사실 누군가에게는 부탁하고 싶었어. 잠든 내 모습을 대신 봐 주기를 원했거든. 혹시 내가 자는 동안 무슨 행동을 하는지, 사고 친 적은 없는지 말이야. 하지만 그걸 다른 사람에게 어떻게 부탁하겠어."

그 심정은 이해가 갔다. 그런데 나는 괜찮은 걸까. 말 한 번 해 본 적이 없는데.

성여름은 무언가 결심한 듯 입술을 꾹 다물더니 다시 입을 열었다.

"너한테 상담받으라고 추천해 줬다던 친구 있잖아. 그 친구가 만약 여자애였다면 걔한테 부탁했을 거야. 그 얘기를 꺼냈더니 나한테 그러더라고. 여자애 중 부탁할 만한 사람이 있다면 너일 거라고."

"이유가 뭔데?"

"네가 곤란한 사람을 가만두지 못하는 성격이래. 입도 무겁고. 그래서 너한테 부탁하면 괜찮을 거라고 했어."

김해원이 그렇게 나를 깊이 알지는 못할 텐데. 그건 내게 도움을 요청하도록 성여름을 납득시킬 핑계였을 것이다. 아마 진짜 이유는 내가 그 일에 관심이 있다는 걸 티 냈기 때문일 테다.

"그렇게 봐 줬다니 다행이네."

성여름은 뺨을 약간 붉힌 채로 "그러게"라고 짤막하게 답했다. 그러고는 갑자기 또 한 번 뜬금없는 말을 꺼냈다.
"고마워."
"뭐가?"
"몽유병이 흔한 병은 아니잖아. 내가 자는 동안 무슨 짓을 할지도 모르고. 그런데 흔쾌히 내 부탁을 들어줘서 신기했어."

그야 이미 알고 그런 제안을 한 거니까.

"고마워할 건 아냐. 내가 좀 무감한 편이라서 그래. 너를 특별히 배려해 주는 게 아니라 성정이 이 모양이라서……."

"난 무던하다는 말이 더 좋더라. 그리고 그게 너한테 더 어울리는 단어인 것 같아."

본 지 얼마나 됐다고 이러나 싶었다. 소심한 구석도 있는 것 같기는 한데 그런 것치고 사람을 쉽게 믿는 것 같았다. 소원이 다 큰 개가 달려드는 것 같다면 성여름은 작은 강아지 같은 느낌이었다.

그날 밤은 성여름과 밤새 수다를 떨었다. 성여름의 증상을 지켜봐야 하는 나로서는 어차피 성여름이 잠들기 전까지 잘 수 없었다. 성여름은 다른 사람과 방을 쓰는 건 처음이라며 설레서 잠이 오지 않는다고 했다. 어릴 적 병력 탓에 혹시나 하는 마음으로 작년에도 독실을 신청했다고도 했다. 설마 증상이 다시 나타날 줄은 몰랐다면서 한참 푸념을 늘어놓았다.

"이럴 줄 알았으면 기숙사 학교에 지원하지 말걸."

"그런데 왜 지원했어?"

"대학 입시 때문에."

"너 정도 상황이면 인문계에서 내신 성적을 노리는 게 낫지 않아?"

"그렇긴 한데 난 예체능 전공자가 없는 학교를 오고 싶었거든."

더 이상 물어보는 건 실례일까 싶었지만, 그걸 따지려면 진작 따지고도 남았어야 했다.

"특이한 이유네. 예체능 하는 애들을 싫어하기라도 하는 거야?"

"그런 건 아니야. 오히려 대단하다고 생각하는 쪽이지."

대답을 듣고 나니 성여름에게 왜 그런 이유가 생겨났는지 조금은 예상이 갔다. 그 이후의 대화는 내 의도는 전혀 담기지 않은 시시콜콜한 내용이었다. 시간이 새벽 두 시를 넘어갈 무렵, 성여름은 눈을 천천히 끔뻑이며 베개에 머리를 기댔다.

"오늘은 푹 잠들 수 있을 것 같아."

실제로 그랬다. 그날 나는 밤을 새웠으나 성여름이 일어나기는커녕 움직이는 것조차 목격하지 못했다.

다음 날 아침에는 소원에게 무진장 혼났다. 자는 동안 성여름이 위험한 짓이라도 하면 어쩌냐며 무모하다는 말을 몇 번이고 쏟아 냈다.

"원래 그런 애인 줄은 알았지만……."

원래라니, 내가 지금보다 더 극단적인 선택지를 고른 일이 있었던 걸까. 말끝을 흐리는 걸 보니 이번에도 내가 모르는 기억 속의 일을 떠올렸나 보다.

대체 봄은 언제 끝날까. 혜성은 소원처럼 나를 혼내지도, 그렇다고 내 궁금증을 풀어 주지도 않았다. 걱정을 담은 말 몇 마디 건네기는 했지만 그게 다였다. 그 애 몫의 걱정까지 소원이 전부 해 버린 덕인지도 몰랐다.

어떤 날에는 일부러 둘만 있는 시간을 만든 적도 있었다. 그러자 지나치리만큼 일상적인 말만 오갔다. 성여름의 일은 둘째 치고 일전의 대화도 마치 기억 속에서 사라진 것처럼 말이다. 그 평화로운 위태로움을 견딜 수가 없어 내가 불쑥 화제를 꺼냈다.

"내가 성여름 방에서 같이 지내겠다니까 소원이가 그러더라. 내가 원래 그런 애일 줄 알았다고."

"윤소원이?"

"넌 그게 무슨 말인지 알까 싶어서. 난 내가 내린 선택치고는 꽤 결단력이 필요한 일이었다고 생각했는데."

"너를 처음 봤을 때 생각하면 윤소원이 맞는 말을 한 것 같네."

모르겠다고 잡아뗄 줄 알았는데 혜성은 평소보다 협조적이었다.

"네가 저번에 한 말 말이야, 내가 너를 살갑지 않게 대하던 때가 그립다는 말."

"아, 그거……."

"사실 내가 지금도 너를 살갑게 대하는 편은 아니잖아."

최근 들어 일부러 더 틱틱대기는 했다. 그렇다고 해서 예전에 혜성을 대했던 태도가 친절했느냐 하면 그렇지는 않았다.

"대체 예전에는 어땠길래 그래?"

혜성은 그리움을 숨기는 데 서툴렀다. 분명 시선은 나를 향해 있는데 도무지 눈을 마주치는 느낌이 들지 않았다. 대체 넌 누구를 보고 있는 거야? 당장이라도 두 손으로 저 얄미운 얼굴을 붙잡고 말하고 싶었다. 나를 보라고. 네가 그리워하는 사람을 나는 모른다고.

"말하기 힘들 정도로 옛날이 그리운 거야?"

그럴 거면 왜 내 기억을 지운 걸까. 자신이 기억하는 사람을 나도 떠올릴 수 있게 해 주면 좋았을 텐데. 그러나 차마 그렇게 말할 수는 없었다.

혜성은 그립다 못해 괴로워 보였다.

"말했잖아, 모두 말해 주겠다고."

"그거랑 다른 얘기야."

"뭐가 달라?"

나도 모르는 내가 어떻게 나일 수 있겠는가. 문득 기억이 비어 있다고 느껴도, 설령 그 일로 내가 성장했다 하더라도 말이다.

"네가 그리워하는 게 내가 맞아?"

혜성은 대답하지 못했다. 나는 정적을 도무지 견딜 수 없어 그 자리에서 뛰쳐나왔다. 뒤에서 누군가가 내 목소리로 말을 거는 것만 같았다.

'떠올려 볼 수 있으면 떠올려 봐.'

혜성이 그리워하는 건 그때의 나였다. 내게 보이는 호의도 지금의 나를 향한 것이 아니었다. 사실 나는 혜성에 대해 아무것도 모른다. 그 애를 처음 볼 때 느꼈던 호의도, 그 애가 건네는 다정함도 전부 내 것이 아닌 것만 같았다. 머리가 어지러울수록 눈앞에 비친 빛줄기가 선명해진다. 그때의 이세월은 멈춰 있지만, 지금 내게는 주어진 일이 있었다.

성여름과 보낸 며칠은 예상 이상으로 평화로웠다. 낮에는 평소처럼 학교생활을 하다가 잠들기 직전에는 대화를 나눴다. 그 애와 같이 지내 본 누구라도 확신할 한 가지 사실은, 신기할 정도로 상대에게 친절하다는 거였다. 얼마 보지도 않은 나를 마치 오래된 친구처럼 반기는 동시에 윗사람을 대하듯 조심스러웠다.

대화하는 주제만 봐도 그런 모습이 훤했다. 성여름이 꺼내는 이야기는 주로 일상과 관련된 이야기였다. 평소에는 전혀 관심 없던 이야기도 성여름의 입을 타고 나오면 이상하게도 사건 하나하나가 반짝이는 것만 같았다.

"신입생이 들어오니까 매점이 진짜 와글와글하더라고. 그래도 탄산음료는 재고가 늘 넉넉해서 다행이야. 언제든 원할 때마다 사 마실 수 있으니까."

"탄산음료 좋아해?"

"응, 웬만한 음료수는 다 좋아해. 과일 향 나는 거면 더더욱."

좋아한다고 말하는 목소리가 들떠 보였다. 이 애가 사건의 중심에 있을 수 있다는 게 도무지 상상이 가지 않았다.

이야기를 전해 들었을 때, 소원은 어안이 벙벙한 표정이었다. 잠든 채 학교를 돌아다니는 모습과 어울리지 않는 이야기니 그럴 만도 했다. 혜성과는 그날 이후 차마 제대로 얼굴을 마주하기 힘들었다. 말해 주면 뭔가 실마리를 찾아 주지 않을까 싶었지만 내게서 과거를 찾는 눈길을 다시 마주하고 싶지는 않았다.

성여름에게서 수상한 낌새가 보이기 시작한 건 사흘 정도가 지나서였다. 점호 직전이 되어서야 방에 들어온 성여름은 어딘가 처져 보였다. 평소 같은 은은한 미소는 흔적조차 없었다.

"무슨 일 있었어?"

"아, 아무것도. 오늘따라 좀 피곤하네."

성여름은 대답하기 무섭게 침대에 몸을 뉘었다. 나는 그 뒷모습을 잠깐 바라보다가 잠드는 척 침대에 누웠다. 이질감 덕에 금방 알아챘다. 만약 성여름이 이상행동을 보인다면 그건 오늘이리라고.

삼십 분쯤 지났을 때였다. 부스럭 소리에 감길 뻔한 눈꺼풀이 번쩍 뜨였다. 천천히 몸을 일으키는 모습에 끊김이라고는 없어서 기이하게 느껴졌다. 성여름이 침대에서 나와 문손잡이를 붙잡는 순간까지 나는 손가락 하나 까딱할 수 없었다. 문이 열리는 소리에 겨우 정신을 차렸다.

얼른 뒤따라 나가자 복도 끝을 향해 걸어가는 성여름의 뒷모습이 보였다. 혹여나 잠을 깨울까 조용히 뒤를 밟았다. 아래층으로, 또 아래층으로 내려가는 걸음을 쫓아가자 어느새 1층 복도에 도착했다. 성여름은 잠들어 있다고는 생각하기 어려울 정도로 망설임 없이 출입문을 향해 걸어갔다. 흔들림 없는 걸음에 마치 허상을 쫓는 것만 같았다.

본관에 들어서자마자 다시 계단에 발을 디뎠다. 행여나 넘어지지는 않을까 가슴을 졸였지만 불안한 마음에 도리어 내가 발을 헛디딜 뻔했다. 연주실이 있는 4층에 다다르기 직전, 나는 일부러 성여름과 거리를 벌렸다. 예상이 맞다면 음악 선생님을 마주칠지도 모르니까.

성여름이 4층에 올라오자마자 움직임을 감지한 복도 조명에 불이 들어왔다. 그때 연주실 쪽 복도에서 덜컥하는 소리가 들려왔다. 나는 잰걸음으로 계단을 올라와 조심스레 소리를 쫓았다. 막 열린 교무실 문이 시야에 들어왔다. 그곳에서 나온 인물은 예상대로였다.

음악 선생님의 오른손에는 작고 반짝이는 무언가가 들려 있었다. 열쇠였다. 평소에는 내내 잠겨 있던 연주실 문이 선생님 손에 열리고 있었으니까. 선생님은 성여름이 그쪽으로 다가가기 전에 서둘러 교무실로 돌아갔다. 그 행동의 의미는 명확했다. 성여름에게 들키지 않기 위해서였다.

나는 혜성과 밤에 몰래 학교에 들어왔던 때를 떠올렸다. 지금 성여름과 함께 연주실에 들어가지 않으면 뒤이어 들어가기도 전에 선생님이 다시 연주실 문을 잠그러 나올 터였다. 그 생각이 들자마자 곧바로 발이 떨어졌다. 성여름이 문손잡이를 붙잡은 순간 바로 뒤에 붙어 거의 동시에 연주실로 따라 들어갔다.

쾅 하는 소리와 함께 연주실 문이 닫히고, 얼마 지나지 않아 구두 소리가 들렸다. 혹시나 선생님이 들어올까 싶어 연주실 구석에 얼른 몸을 숨긴 채 성여름을 지켜보았다. 다행히 문만 잠그러 온 건지 발소리가 점점 멀어졌다. 교무실 문 닫히는 소리가 들린 뒤에야 연주를 들을 여유가 생겼다.

성여름의 연주는 잠결이라고는 생각하기 어려울 정도로 부드러웠다. 바이올린에 대해서 잘 모르는 나조차도 소리가 매끄럽다는 건 알 수 있었다. 성여름은 저번에 들은 것과 같은 곡을 연주했다. 마치 그 곡밖에 모르는 것 같았다.

깨우려면 지금뿐이었다. 돌아가서 이야기해 봐야 믿기 어려울 테니까. 나는 성여름을 깨우러 앞으로 다가갔다. 한 걸음 거리를 두고 마주한 뒤에야 어떻게 깨워야 할지 뒤늦게 고민이 들었다. 잘못 깨웠다 그대로 고꾸라지면 다칠 텐데. 그 순간 김해원이 성여름의 어깨를 붙잡고 흔들던 장면이 머릿속을 스쳤다.

김해원이 성여름에게 나와의 상담을 추천했을 거라는 건 어디까지나 내 추측이었다. 답안 후보가 하나밖에 없기에 저절로 떠오른 답변. 이해할 수 없던 행동의 이유를 깨달은 순간 온전한 확신이 생겼다.

바이올린에 가려진 탓에 김해원이 그랬던 것처럼 어깨를 섣불리 잡을 수 없었다. 그 대신 손을 뻗어 성여름의 양팔을 잡았다. 귀를 찌르는 활과 현 사이의 사나운 마찰음에 순간 뒤로 물러날 뻔했다. 정신을 차린 건 초점을 되찾은 성여름의 얼굴을 보고 난 뒤였다.

"세, 세월아?"

막 깨어난 와중에도 성여름은 악기를 잡은 두 손을 놓지 않았다. 팔을 놓아주자 조심스레 악기를 내려놓더니 폭신한 연주실 바닥에 털썩 주저앉았다.

"저번엔 기숙사 복도더니, 이번에는 아예 본관까지 왔

네. 게다가 연주실이라니. 여기만은 아니길 바랐는데."

능숙한 연주와 연주실에 대한 거부감. 예체능 하는 학생을 보고 싶지 않아 하면서도 동시에 동경하는 모습. 나는 그런 성여름의 모습 위에 작년의 김해원을 겹쳐 보았다. 꿈을 원하면서도 외면하고자 하던 그때의 김해원 말이다. 그러자 설마 김해원이 자신과 같은 문제를 겪는 성여름을 내게 보낸 건가 하는 생각이 들었다.

"여름아, 솔직히 말해 줘. 전에 네가 예체능 전공자가 없는 학교를 오고 싶었다고 했잖아."

성여름의 표정이 굳었다. 잠에 빠진 채 연주할 때보다도 생기가 빠진 얼굴이었다.

"혹시 예전에 바이올린을 전공하려고 했던 거야?"

성여름을 안 지 고작 며칠 되지 않았음에도 냅다 질문을 던졌던 이유는 성여름의 호의가 거짓이 아니라 여겼기 때문이다.

"왜 그런 걸 물어?"

"몽유병은 스트레스가 원인인 경우가 많으니까……."

네가 꿈을 잊지 못하고 미련 때문에 이러는 게 아닐까 싶다며 뒷말을 이어야 했는데 그러지 못했다. 이 화제를 꺼낸 게 어리석은 판단이었다는 걸 말하는 도중에 깨달았기 때문이다.

"그래서?"

성여름은 나를 신뢰해서 곁을 봐 달라는 부탁을 한 게 아니었다. 나를 추천한 김해원을 신뢰했을 뿐이지. 그러니 그 호의도 내가 아닌 김해원 덕에 생긴 것일 텐데.

"아냐, 괜한 말을 꺼냈어."

"마저 말해. 어차피 말하든 안 하든 무슨 말이 이어질지는 빤히 보이는데."

차마 뭐라 대답할지 몰라 침묵을 지켰다. 성여름은 그런 나를 보며 가벼이 한숨을 내쉬더니 무릎을 털고 자리에서 일어났다.

"한밤중에 연주실이라니. 내가 잠든 사이에 이러고 있을 줄은 몰랐네."

"네가 어떻게 늘 잠겨 있는 연주실 문을 열고 들어왔는지 궁금하지 않아?"

어떻게든 다른 화제를 꺼내 분위기를 환기하고 싶었다. 어차피 성여름도 알아야 할 내용이었다. 성여름은 의아하다는 듯 옆으로 살짝 고개를 숙이며 말했다.

"무슨 소리야? 잠겨 있으면 내가 어떻게 여기 들어왔겠어."

"연주실은 수업 시간을 제외하고는 늘 잠겨 있잖아. 악기가 모여 있는 장소라 보안에 철저해야 한다던데."

"그건 몰랐네. 아무도 없는 연주실을 찾아와 본 적은 없거든."

예상 밖이었다. 잠결에 이곳을 찾아올 정도면 평소에도 자주 연습하러 왔으리라 생각했다.

"사실 네가 여기 들어오기 직전에……."

그때 또각거리는 구두 소리가 난데없이 화살처럼 날아와 귀에 박혔다. 나는 반사적으로 아까 숨었던 곳을 향해 달렸다. 성여름은 어안이 벙벙한 얼굴로 바라보고 있다가 나를 부르려 입을 열었다. 연주실 문이 열리지 않았다면 그대로 목소리가 나왔을 터였다.

"여름아?"

연주가 끊겨서 확인하러 온 듯했다. 겉보기에는 몰래 연주실에 들어온 학생과 그걸 발견한 음악 선생님이었지만 실상은 전혀 달랐다. 그리고 나는 아직 성여름에게 그 실상을 다 전하지 못했다.

"다솜 쌤?"

"네가 이 시간에 여기 무슨 일이야?"

너무 뻔뻔한 거 아닌가. 그나저나 다솜 쌤이라니. 보통

다들 음악 쌤이라고 부르지 않나.

"저도 모르겠어요. 정신 차리니까 여기였거든요. 못 믿으시겠지만 사실이에요."

일이 어떻게 흘러갈지 도무지 짐작이 가지 않았다. 이럴 때는 가만히 숨죽이고 지켜보는 게 최선이었다.

"그냥 솔직하게 말해 주렴. 아직 포기하지 못한 거잖니."

"쌤, 저는……."

"너를 가르쳤던 내가 모르겠니? 너 정도면 지금부터 다시 준비해도 충분히 원하는 대학에 바이올린 전공으로 입학할 수 있어."

"저번에 말씀드렸잖아요, 그 얘기는 꺼내고 싶지 않다고."

지금 나만 이 대화를 따라가지 못하는 것 같았다. 음악 선생님이 성여름을 가르쳤다고?

"왜 그만뒀어?"

"대답 안 할래요."

"너라면 언제든 이 연주실을 쓰게 해 줄 수도 있어. 밤중에만 연습할 시간이 나는 거라면 사감 선생님한테 미리 말해 둘게."

"그럴 필요 없어요."

"마음이 바뀌면 언제든지 말하러 와."

선생님과 학생의 대화라기에는 석연치 않은 구석이 한두 군데가 아니었다. 선생님이 나가기 무섭게 성여름은 연주실 문을 빤히 응시하더니 머리를 쥐어뜯으며 한숨을 푹 내쉬었다.

혼자 있도록 몰래 나가 줘야 하나 싶던 찰나였다.

"궁금해?"

정곡을 찌르는 질문에 나도 모르게 흠칫 놀랐다. 묻고 싶은 게 한두 개가 아니었다. 궁금하냐는 말이 뭘 뜻하는 건지는 몰라도 머릿속에 들끓는 수많은 호기심 중 하나 정도는 채워 줄 수 있을 것 같았다.

"들어가자. 피곤할 거 아냐."

성여름이 제정신으로 보였다면 그 말을 따랐을 거다. 나도 성여름도 제대로 자지 못해서 그런지 멀쩡한 상태와는 거리가 멀었다.

"아까는 미안했어."

"응?"

"상담을 먼저 요청한 건 내 쪽이잖아. 날 걱정해서 물어봤을 텐데 내가 너무 예민했던 것 같아."

성여름을 걱정해서라기보다는 정말로 궁금해서였다.

하지만 알아서 좋은 방향으로 생각하고 있는 듯하니 넘어갈까 싶었다.
"우선 자러 가자. 이야기는 다음에……."
"세월아, 나 상담 그만할게."

## 12. 해원의 시점

 그날 나는 하룻밤 만에 내 방으로 쫓겨났다. 마음 같아서는 억지로라도 상담을 계속하고 싶었으나 내 마음대로 되는 일이 아님을 알았기에 포기했다. 성여름을 이 상태에서 더 건드릴 생각은 없었다. 가해자와 피해자 중 어느 쪽에 가깝냐고 물으면 당연히 후자일 테니까.
 그럼 이게 무슨 상황인지 조금이라도 알 만한 사람을 건드려야지. 그게 내가 토요일 아침부터 김해원을 부실로 불러낸 이유였다.
 "다 알고 불렀으니까 말해. 성여름한테 내게 상담받으라고 말했지?"
 김해원은 숨길 생각조차 없다는 듯 아쉬운 기색 하나 없이 고개를 끄덕였다.

"근데 음악 쌤이 너 끌고 갔을 때는 왜 자리를 피하려고 했어? 나한테 하고 싶던 말이 있다면 그때가 제일 좋은 타이밍이었을 텐데."

그게 언제인지 떠올랐는지 김해원의 표정이 급속도로 안 좋아졌다.

"최대한 알려 주지 않은 채로 일을 해결하고 싶었거든."

"뭐를?"

"내가 원하는 건 네게 그동안 무슨 일이 있었는지 터놓는 게 아니라 여름이의 증상을 완화하는 거였으니까."

그런 게 가능하다고 믿었다는 게 용했다.

"여름이 말이야. 만났을 때 어떤 느낌이었어?"

"좋은 애더라."

성여름은 예상보다 더 좋은 애였다. 물론 어젯밤에 쫓겨나기는 했지만 그건 내 잘못 때문이고, 성여름의 상황을 생각하면 이해하지 못할 행동도 아니었다.

"맞아, 그래서 마냥 외면하기 힘들지."

김해원은 이마를 짚은 채 힘겹게 질문을 꺼냈다.

"어디까지 알아챘어?"

괜히 모르는 척할 필요는 없겠지. 보아하니 사실대로 말해 주고 싶어서 내가 이미 어느 정도 알고 있다는 걸 위안

삼으려는 듯했다.

"여름이가 가끔 잠든 채로 연주실을 찾아간다는 거. 그리고 음악 쌤도 그걸 알고 있다는 거."

"이미 다 알고 있······."

"그리고 네가 쓴 방 탈출 시나리오와 인터넷에 올린 단편이 둘과 연관이 있다는 것도."

"전부 다 알고 있는데. 며칠 더 내버려뒀으면 내가 따로 말해 줄 필요도 없었겠네."

이것까지 알아챈 줄은 몰랐나 보다.

"며칠이 지나도 제대로 알아낼 수 없는 것도 있어."

"그게 뭔데?"

"너랑 성여름 사이에 정확히 어떤 일이 있었던 건지. 내가 궁금한 건 그거거든."

그 말을 예상하기라도 한 걸까. 김해원은 놀란 표정을 지을 기운도 없다는 듯 무표정한 얼굴로 긴 이야기를 시작했다.

"네 도움을 바란다면 이 정도 부탁은 들어줘야겠지."

\*\*\*

김해원은 성여름과 같은 반이 된 후로 반년 동안 대화 한 번 제대로 나눠 본 적 없었다. 성여름은 소문 하나 따라다니지 않는 학생이었기에 김해원이 성여름에 대해 아는 것이라고는 평범한 애라는 것뿐이었다. 그러나 그리 평범하지 않다는 걸 알게 된 건 2학기 때부터 시작한 음악 수업 덕이었다.

음악 선생님은 첫인상부터 평범치 않았다. 음악 수행평가를 단 한 번의 발표로 끝내자는 파격적인 제안은 호불호를 떠나 꽤 큰 반응이 일었다. 심지어 무작위로 짜인 조끼리 합주를 준비하는 게 수행평가의 내용이었다. 친한 사람과 같이 준비하는 거면 몰라도 아무렇게나 정해진 조원과 합주한다는 건 쉽지 않은 일이었다. 그게 말조차 해 본 적 없는 상대라면 더더욱.

"할 줄 아는 악기 있어?"

아무것도 아닌 말조차 이상하게 꺼내기 조심스러웠다. 기분 탓일지도 모르지만 음악 시간이 시작한 이래로 성여름의 표정이 어둡지 않은 적이 없었다. 심지어는 같은 조인 자신과 쉽사리 시선을 마주치려 하지도 않았다. 김해원은 이게 자신의 착각이기를 바라며 성여름의 답을 기다렸다.

"리코더도 괜찮아?"

"안 될 건 없지만, 수행평가에 들어가는 합주잖아. 난 피아노를 몇 년 배웠는데, 넌?"

"민폐는 끼치면 안 되겠지······."

작게 중얼거리는 목소리였지만 선명히 들렸다. 성여름은 그렇게 혼잣말을 짧게 읊조리고는 김해원에게 시선을 향한 채 대답했다.

"바이올린을 켰어."

피아노만큼이나 취미로 많이 배우는 악기였다. 바이올린과 피아노 조합이면 합주할 수 있는 곡이 꽤 많다는 생각에 남몰래 안도했다. 그 탓에 내내 두 사람에게 향해 있던 시선조차 쭉 눈치채지 못했다.

두 사람은 일주일에 한 번, 일요일 아침마다 한 시간씩 연주실에서 만나기로 약속했다. 수업이 끝나기 직전 성여름은 김해원에게 한 가지 질문을 던졌다.

"연습할 때 연주실 열쇠는 음악 쌤한테 따로 받아 와야 하는 거지?"

그때 성여름의 말투에 묻어난 건 의문보다는 두려움에 가까웠다. 당시의 김해원은 자신도 모르게 대답 대신 제안을 건넸다.

"일요일에는 보통 언제 일어나?"

"음, 한 열 시쯤? 늦잠 잘 수 있는 날이 그때밖에 없잖아."

"난 보통 일요일은 일어나자마자 본관에 와 있어. 먼저 연습하고 있을 테니까 일어나면 그때 나와."

언급 한 번을 위한 거짓말 하나.

"그럼 매번 네가 열쇠를 받아 와야 하잖아. 귀찮지 않겠어?"

"아까 못 들었어? 수업 외 시간에도 웬만하면 연주실은 열어 두신다던데."

"그, 그랬나?"

설득하기 위한 거짓말을 하나 더.

"그래도 괜히 미안하네."

"미안해하지 않아도 돼. 연주실은 보통 사람들이 잘 오지 않아서 혼자 시간 보내기 좋거든."

김해원은 혼자서는 와 본 적도 없는 연주실이 제 아지트라도 되는 듯 성여름을 달래기 위해 거짓을 하나 더 덧붙였다. 세 번의 거짓말이라는 값을 치르기에는 너무나도 사소한 계기였다. 김해원은 성여름이 정말로 음악 선생님을 불편해하는지 확신조차 하지 못했다. 설령 그렇다 하더라도 아침잠을 포기하면서까지 이러는 건 김해원 본인 기준에서도 지나치리만큼 과한 배려였다.

그런데도 할 수 있었던 건 김해원의 타고난 기질 덕이었다. 조금이라도 이야깃거리가 될 만한 걸 포착하면 놓치려 들지 않았다. 분명 이번 수업에서 처음 만났을 음악 선생님과 선생님을 경계하는 성여름의 관계는 평범해 보이지 않았다. 다시 말해 이야기의 신호였다.

성여름의 호의를 사면 그 뒷이야기를 들을 수 있으리라. 그게 김해원조차 자각하지 못한 배려의 이유였다.

그 주 일요일, 김해원은 아홉 시가 되기 전에 음악 선생님이 있는 교무실을 찾았다. 주말인 탓에 음악 선생님 외에는 교무실에 아무도 없었다. 호기심이 툭 튀어나온 건 순식간이었다.

"주말인데도 계시네요?"

"주말에도 연습하러 찾아오는 사람이 있으니까. 열쇠 빌려줄 사람은 있어야지."

"설마 주말마다 출근하세요?"

"내가 원래 남한테 일 맡기는 걸 싫어하거든. 다른 당직 선생님께 신경 써 달라고 부탁하기 미안해서."

마냥 피곤한 성격이라고 넘기기에는 지나치리만치 수상했다. 누가 그런 이유로 한 학기 내내 주말을 반납할 각오를 한단 말인가.

아무래도 선생님에게서 실마리를 캐내기는 어려울 것 같았다. 그 반대라면 몰라도 말이다. 김해원은 약간의 기대감을 품고 연주실로 들어갔다. 성여름이 연주실에 도착한 건 열 시가 되기 조금 전이었다.

"생각보다 빨리 왔네?"

"네가 너무 오래 기다릴까 봐."

성여름은 개인 악기를 챙겨 오는 대신 연주실 한쪽에 놓인 대여용 바이올린이 든 가방을 집어 들었다. 김해원은 그걸 보고 성여름이 그리 뛰어난 실력은 아닐 거라고 어림짐작했다.

"무슨 곡 할지는 생각해 봤어? 평가 항목 보니까 학생끼리 주는 점수도 있어서 익숙한 곡이면 좋을 것 같은데."

"유명한 클래식 같은 거?"

"OST는 어때? 유명한 곡일수록 쉬운 버전으로 연주하도록 편곡해 둔 악보도 많을 테니까."

성여름의 안색이 묘하게 밝아졌다. 쉬운 버전이라는 말에 마음이 놓인 건가 싶어 김해원도 안도했다.

"그래서 말인데, 내가 악보를 몇 개 뽑아 왔거든. 오늘은 우선 각자 연습해 보고 괜찮다 싶으면 같이 맞춰 보는 거 어때?"

김해원은 악보 더미 제일 위에 있는 악보를 보면대 위에 올렸다. 유명 뮤지컬에 나오는 노래였다. 성여름은 그 앞에 다가가 악보의 윗부분을 찬찬히 쓸었다. 마치 그 제목을 눈에 새기듯이. 그 모습이 이상하리만치 익숙해 보여서 김해원은 시선을 뗄 수 없었다. 뭐라 하기도 전에 성여름의 왼 어깨는 바이올린의 몸통을 받쳤다. 그새 묻힌 송진으로 하얗게 빛나는 활이 현 위에 올라섰다. 매끄러운 음색이었다. 진동하는 현을 일일이 붙잡는 손가락은 작은 떨림도 없었다. 연주가 고작 한 악절만 이어졌다는 게 아쉬울 정도였다.

"그, 다른 곡도 한번 볼래?"

다른 연주도 듣고 싶은 마음에 김해원은 얼른 새로운 악보를 보면대 위에 들이밀었다. 합주 연습 때문에 모였다는 걸 잊어버렸는지 정작 자신은 피아노 앞에 앉지도 않았다. 그럼에도 성여름은 묵묵히 김해원이 들이미는 악보의 첫 악절을, 가끔 단숨에 하이라이트 부분을 골라 연주했다. 그걸 몇 번 반복하자 성여름은 잠깐 바이올린을 내려놓고 나긋한 목소리로 의문을 표했다.

"근데 이거 피아노 부분이 많이 어려워 보이는데 할 수 있겠어?"

그 말에 김해원의 얼굴이 확 달아올랐다. 초보라고 넘겨짚은 탓에 제 딴에는 배려한다고 OST는 쉬운 버전도 많을 거라 이야기했던 자신을 떠올린 탓이었다. 듣는 입장이 되니 더없이 창피한 말이었다. 성여름은 악의는 없었다는 듯 화사하게 웃으며 말을 이었다.

"예전에 이 곡 합주해 본 적 있거든. 그때 피아노 연주자가 많이 어려워했던 게 기억나서."

합주 경험까지 있다니. 평범하다고 생각했던 성여름의 첫인상은 한 시간도 되지 않아 완전히 바뀌었다.

"하긴 그땐 초등학교 때였으니까 지금은 괜찮을 수도 있겠다. 괜한 걱정이었다면 미안."

"아, 아니야. 지금까지 했던 것 중에 하고 싶은 곡 있어?"

성여름은 악보를 한 장씩 집어 살피더니 제일 처음 연주한 곡을 탁자 위에 올렸다. 유명하기는 했지만 지금껏 본 다른 곡들에 비교하면 화려한 맛은 많이 떨어졌다. 그런데도 김해원은 차마 그 제안을 거절할 생각이 들지 않았다.

연주를 맞춰 보기 시작했을 때, 김해원은 성여름이 비교적 쉬운 곡을 골라 다행이라 생각했다. 성여름의 연주에 너무 이입한 나머지 바이올린 멜로디를 따라갈 뻔한 순간이 계속 생겼다. 나중에는 더 선명히 들으려 일부러 건반을 약하게 누르기도 했다.

두 사람이 연습을 끝낸 건 점심시간을 알리는 종이 울린 뒤였다. 김해원은 바이올린을 정리하는 성여름에게 조심스레 물었다.

"개인 악기는 따로 없어?"

"응, 예전에 그만두면서 처분했거든."

"아쉽다, 너 되게 잘하던데. 내가 너였다면 취미로 종종 연주했을 거야."

바삐 악기를 가방에 넣던 손이 우뚝 멈췄다. 대답도 돌아오지 않았다. 김해원은 자신이 뭔가 실수했다는 걸 단박에 눈치챘다.

"아니, 꼭 그래야 한다는 건 아니고 너 정도 실력이면 본인 연주에 기분 좋아질 것 같아서……."

아무 말이나 주절대는 사이에 어느새 성여름은 김해원을 빤히 바라보고 있었다. 김해원이 변명을 포기하고 고개를 푹 숙인 뒤에야 성여름은 작게 웃음을 터뜨렸다.

"그런 말은 또 처음 들어 봐."

"그런 말?"

"본인 연주에 본인이 기분 좋아진다는 거. 보통 연주는 남을 위한 거지 나를 위한 거라고 말하지 않잖아. 정작 내 연주를 가장 가까이서 듣는 건 나인데. 연주에는 자기가 하고 싶은 말이 담기거든."

 성여름의 목소리가 미세하게 들떠 있었다. 김해원은 괜히 대답해서 그 흐름을 끊는 대신 가만히 귀 기울여 들었다. 연주에 진심을 담아 본 사람만 할 법한 말이었다. 김해원은 성여름이 적어도 연주하는 걸 싫어하지는 않을 거라고 생각했다.

 겨우 찾아온 실마리를 놓치고 싶지 않았다. 자신이 조금만 수를 쓴다면 당분간은 매주 이 시간마다 영감이 되어 줄 만한 순간을 마주할지도 모른다.

 "합주 평가가 12월이었지? 그럼 서너 달 정도 남았네."

 "우리가 연습을 일찍 시작하기는 했지."

 "그래서 말인데, 난 이번 평가에 있어서 곡 선정이 무척 중요하다고 생각하거든."

 김해원은 자신이 조금만 성여름의 등을 밀어 주면 어떨까 싶은 마음에 넌지시 말을 건넸다.

 "아직 연습할 시간도 충분하니까 정말 마음에 드는 곡이 나오기 전까지는 어떤 곡이든 자유롭게 연습해 보자."

성여름의 머뭇거림에 김해원은 저절로 지어지는 미소를 겨우 참고 일부러 시무룩한 표정을 지었다.

"오랜만에 피아노 쳐 보니까 좋더라고. 이 핑계로 잠깐씩이라도 연습하고 싶더라."

성여름은 손에 쥔 악보를 잠깐 멍하니 쳐다보았다. 그러고는 느릿하게, 하지만 확실하게 고개를 끄덕였다.

"그러자."

두 사람은 그날 이후로도 일요일 아침마다 연주실에서 만났다. 김해원이 아홉 시가 되기 조금 전에 와서 문을 열어 두면, 열 시가 가까워질 즈음 성여름이 연주실을 찾아왔다. 김해원이 듣고 싶어 하는 노래와 모르는 노래가 번갈아 성여름의 활에서 흘러나왔다. 시간과 장소 그리고 사건을 따로 떼어 놓고 보면 더없이 평범한데도 그 조합은 상상해 본 적도 없는 순간을 낳았다.

김해원은 창작자가 빛을 발하는 순간은 뮤즈가 있을 때라는 이야기를 어렴풋이 들어 본 적 있었다. 성여름이 김해원에게 뮤즈로서 다가온 건 아니었다. 성여름의 연주는 분명 귀를 사로잡았으나 영감을 왕창 불어넣어 주지는 못했다. 다만 이질적인 상황이 만든, 이야기라고 부를 만한 여러 순간이 김해원이 밤마다 수많은 글자를 써 내려가도록 만들었다.

김해원의 소설은 원래도 인기가 많았으나, 성여름과의 합주 연습 이후 조회수가 몇 배씩 늘어났다. 독자들이 남긴 댓글을 읽어 보면 특별한 장면을 정말 특별하게 그릴 줄 알게 됐다는 의견이 주류였다.

한 달쯤 지났을 무렵, 김해원은 다른 반 학생으로부터 한 가지 청탁을 받았다. 가을 축제 때 열릴 방 탈출의 시나리오를 짜 달라는 부탁이었다. 재밌겠다는 생각에 무턱대고 수락했으나 막상 쓰려니 쉽게 이야기가 떠오르지 않았다. 원래 쓰던 소설은 더없이 잘 써지는데 이상하게 시나리오만 쓰려고 하면 손이 턱 멈췄다.

그러나 김해원에게는 그 일을 고민할 시간도 주어지지 않았다. 그 주 일요일에도 김해원은 평소처럼 음악 선생님에게 열쇠를 받으러 갔다. 평소처럼 별 대화 없이 열쇠를 건네주겠거니 싶었다. 선생님은 쉽사리 열쇠를 건네주지 않고 의자를 손수 꺼내 잠깐 앉으라 권유했다.

"해원이 네가 여름이랑 같은 조였지?"

김해원은 그 말에 첫 음악 시간의 일을 떠올렸다. 묻어 뒀던 경계심이 다시금 스멀스멀 피어올랐다.

"부탁 하나 해도 될까?"

"무슨 부탁이요?"

"실은 내가 예전에 여름이를 본 적이 있거든. 원래 지역 콩쿠르에도 자주 나왔는데, 어느 순간 안 보이더라고."

김해원은 그 말을 듣고 그다지 놀라지 않았다. 성여름이 한때 그쪽 길을 꿈꿨다는 건 충분히 예상할 수 있었으니까.

"왜 그만뒀는지는 몰라. 하지만 내가 아는 여름이는 바이올린을 정말 좋아하는 애였어."

단순히 본 적 있다는 말로는 설명할 수 없는 감상에 조금 이질감이 느껴졌다.

"그래서 말인데, 혹시 여름이의 연주를 녹음해 줄 수 있을까? 너희도 연습하다 보면 어떻게 연주했는지 궁금할 거 아니니. 녹음하는 김에 내게도 공유해 달라는 이야기지."

"성여름의 허락을 받고…… 말이죠?"

상식적으로는 분명 그럴 터였다. 그러나 김해원은 선생님의 부탁이 자신을 일상 밖으로 끌어내리라 직감했다.

"내가 부탁했다고는 하지 말고."

긴장한 탓에 어깨가 절로 경직됐다. 선생님은 김해원을 잠깐 바라보더니 손사래를 치며 그럴듯한 답을 내놓았다.

"나쁜 일에 쓰려는 게 아니야. 예고 쪽에 인맥이 있는데, 혹시 편입으로 학생을 받을 수 없는지 여름이의 연주를 들려주면서 설득할 계획이야."

"하지만……."

"친구끼리 서로의 꿈을 응원해 주는 거라고 생각하면 돼."

꿈은 김해원을 제일 쉽게 뒤흔들어 놓는 단어였다. 꿈 때문에 별별 일을 다 겪었고, 결국 그걸 손에 쥐었으니까. 만약 성여름이 자신과 같은 상태라면? 어렴풋하게만 갖고 있던 생각이었는데 갑자기 누군가 해결책을 들이미니 당황스럽기는 해도 거부감이 느껴지지는 않았다.

그게 김해원이 선생님의 부탁을 들어주기로 한 이유였다. 성여름이 연주실에 들어오자마자 김해원은 그 화제를 곧바로 입에 올렸다.

"녹음?"

"응, 합주하면서 듣는 거랑 녹음한 걸 듣는 건 또 다를 것 같아서. 연습하는 김에 녹음해 보면 좋잖아."

"알았어, 그러면 지금……."

"근데 혹시 오늘은 네 연주만 녹음해도 될까?"

바이올린을 집으려던 성여름의 손이 우뚝 멈췄다.

"그게 무슨 말이야?"

선생님이 부탁했다는 걸 곧이곧대로 말할 수는 없었다.

김해원은 꿈에 대한 기억을 잃은 직후의 자신을 떠올렸다. 이룰 수 없는 꿈의 무게에 짓눌려 있을 때와 그렇지 않을 때의 자신은 분명 다른 선택을 내렸다. 그때 깨달았다. 무슨 이유에서든 꿈을 포기했던 이를 다시 시작하게 하려면 절대 부담감을 주면 안 된다는 걸.

"미안, 사실 합주 연습은 핑계였어. 신작의 영감을 받고 싶었거든."

"신작? 아, 그러고 보니 너……."

성여름은 일전에 김해원이 소설을 쓴다는 소문을 들은 적 있었다. 단순한 취미가 아니라 작가를 지망한다는 사실도 암암리에 퍼져 있었다. 눈가에 어렸던 경계심이 서서히 풀어졌다.

"내 연주가 도움이 될까?"

"응, 네 연주를 들으면 뭐든 금방 써낼 수 있을 것 같아."

그 말을 듣고 놀랐는지 성여름의 눈이 번뜩 뜨였다. 놀란 눈매와 달리 입꼬리는 저도 모르게 희미하게 올라갔다. 김해원의 속은 그 움직임에 비틀리다 못해 뒤집혔다. 이 말을 이런 이유로 하고 싶지는 않았기 때문이다.

"그럼 최대한 자신 있는 곡으로 해야겠네. 내가 바이올린을 그만두기 직전까지 연습했던 곡 정도면 괜찮겠지."

"무슨 곡인데?"

"음, 대충 자장가라고 생각해 줘. 구체적인 제목을 모르는 편이 재밌지 않겠어? 뭘 노래하는 곡인지 미리 알아 버리면 다양하게 해석할 여지가 사라지잖아."

연주는 대꾸할 틈도 없이 시작됐다. 편안한 음악 소리 덕분에 햇볕 아래 풀밭에 몸을 누인 것만 같았다. 정원에서 낮잠을 청하는 모습이 저절로 머릿속에 떠올랐다.

점심시간이 되자마자 김해원은 녹음 파일과 함께 음악 선생님을 찾아갔다. 이제 선생님이 좋은 결과를 갖고 오기를 기다리면 되겠다 싶었다. 그러나 그건 지나치게 낙관적인 판단이었다. 며칠 뒤 있던 음악 시간에서 그게 얼마나 잘못된 선택이었는지 알게 되었다.

그날의 기억은 김해원에게 선명히 남아 있지 않았다. 수업이 끝나기 무섭게 따로 불려 가는 성여름을 뒤쫓던 것까지는 기억났다. 문 너머로 새어 나오는 날카로운 언성. 늘 따스했던 성여름의 목소리가 날카롭게 변해 선생님에게 제발 내 앞에서 사라져 달라 소리쳤다. 누구에게나 친절하던 선생님의 말씨는 평소와 똑같음에도 어쩐지 섬뜩하게 느껴졌다. 한마디. 단 한마디만이 김해원의 뇌리에 박혔을 뿐이다.

"제가 두 번 다시 무대에 설 일은 없어요."

그건 체념이 아닌 결심이었다. 한번 꿈을 포기해 본 이라면 그 정도는 충분히 구분할 수 있었다. 이유는 알 수 없으나, 성여름이 한 말이 포기가 아니라 선택이라면 김해원은 그걸 말리고 싶지 않았다.

그날 이후로 김해원은 음악 선생님의 부탁을 매번 거절했다. 심기는 거스르지 않도록 최대한 돌려서. 성여름에게 연주 녹음본을 음악 선생님에게 전달했다고 털어놓지도 못했다. 김해원은 성여름에게 미움받고 싶지 않았다. 진실을 말하는 순간 모든 게 끝날 것만 같다는 불안감이 엄습했다.

시나리오 마감일이 성큼 다가왔다. 김해원은 작업하는 내내 성여름의 연주 녹음을 반복해서 들었다. 적어도 그걸 듣는 동안에는 이야기가 계속해서 그려졌다.

여자를 앗아간 정원과 그런 정원을 없애려던 남자 그리고 그 정원을 지키기 위해 열쇠를 숨긴 정원사. 크레이븐 부인은 성여름이 예전에 놓아 버린 꿈이었다. 당연하게도 크레이븐 씨는 선생님이었고, 정원사는 김해원 자신이었다. 정원이 무엇을 뜻하는지는 처음부터 명확했다. 성여름이 꿈 대신 선택한 무언가. 그게 정원에 대해 김해원이 아는 모든 것이었다. 그러나 끝내 성여름이 뭘 선택했는지는 알지 못했다.

* * *

"중요한 건 이 정도야. 여름이가 그런 병을 앓고 있다는 걸 안 지는 얼마 안 됐어. 일전에 기숙사에서 자면서 걷는 걸 보고 알게 됐거든."

생각 이상으로 엄청난 이야기에 꼭 해설을 듣는 기분이 들었다. 하지만 그 해설이 완벽하지는 않았다.

김해원이 모를 수밖에 없는 이야기는 그렇다 쳐도 단편에 관한 이야기는 전혀 듣지 못했다. 그런데도 나는 김해원을 그냥 보냈다. 지금껏 알아낸 정보를 머릿속으로 정리하는 것만으로도 벅찼기 때문이다.

듣는 동안 도무지 이해되지 않는 부분도 있었다. 성여름이 꿈을 포기한 게 아니라 다른 걸 선택했다는 말이 가장 이해되지 않았다. 기억이 또렷하지 않다고 했으니 어쩌면 김해원이 멋대로 왜곡해서 들은 걸 수도 있다.

그보다 김해원의 말대로라면 단편의 내용에서 찜찜한 구석이 있었다. 시나리오와 연결 지어 볼 때, 각 요소가 뭘 뜻하는지는 대충 유추되었다. 환자의 생명은 정원과 같은 뜻이고, 몸에서 피어나는 벚꽃은 성여름의 꿈을 뜻하는 거겠지. 남자는 성여름이 꿈을 쫓기를 바라는 음악 선생님을 의미하는 거고, 관찰자인 간호사는 처음에 생각했던 것처럼 김해원을 의미할 터였다.

하지만 단편 마지막 장면에서 간호사가 꽃을 대하는 모습이 조금 이상했다. 김해원이 말한 것만 들어 보면 꺾는 것까지는 아니더라도 그 꽃을 그렇게 소중히 대할 이유가 없어 보였다. 어쩌면 지금 김해원의 상태도 그런 게 아닐까. 성여름의 선택을 존중하면서도 선생님의 제안을 마냥 외면하기는 힘든 상황 말이다.

## 13. 변곡점

 나는 생각을 정리하기 위해 얼른 장소를 옮겼다. 점심 전까지는 도서관 창 너머 햇빛이라도 맞으며 책을 읽을 생각이었다. 도서관 소파에 앉아 이야기하고 있던 소원과 혜성을 마주치지 않았다면 말이다.
 조금이나마 생각이 정리된 상태에서 혜성을 마주하니 부끄러움에 얼굴이 확 달아올랐다. 요즘 들어 혜성만 보면 왜 이리 감정이 격해지는 걸까. 어차피 마주칠 거면 먼저 알은척하는 게 나을 거 같아 나는 얼른 두 사람을 향해 말을 걸었다.
 "둘 다 거기서 뭐 해?"
 오늘 김해원을 만날 거라는 걸 미리 이야기해 뒀지만 설마 이곳에서 기다리고 있을 줄은 몰랐다. 소원은 나와 눈을 마주하고 나서야 안심했는지 소파 위로 철퍼덕 쓰러졌다.

"혹시 무슨 일 생길까 봐 그랬지. 걔는 너 엄청 경계했잖아."

"설마 무슨 일 생기겠어? 김해원이 괴물도 아니고."

소원이 그때 소파에서 떨어져 자빠졌다. 나는 소원에게 얼른 달려가 다친 곳은 없는지 재빨리 살폈다. 다행히 소파 높이가 낮은 덕에 다치지는 않은 모양이었다.

"내가 다 놀랐네. 왜 그래?"

"놀라서 그렇지."

방금 내 말에 놀랄 구석이 있나 곰곰이 생각해 봤다.

"김해원이 정말 괴물이라도 되는 거야?"

나름 농담이었는데, 내가 농담에 소질이 없다는 걸 다시금 실감한 건 확 굳어지는 소원과 혜성의 얼굴을 보고 난 뒤였다.

"너희 설마, 숨기고 있던 비밀이……."

"으, 응?"

식은땀을 눈으로 직접 보는 날이 올 줄은 몰랐다. 나름대로 억지웃음이라도 짓는 혜성과 달리 소원은 동공에 지진이라도 난 듯 잔뜩 흔들리고 있었다.

"농담이야."

학교에 괴물 하나쯤 있어도 이상할 건 없었다. 이미 이 학교에 들어와서 이해되지 않는 일을 너무 많이 접했다. 지금 내 앞에만 해도 부적 쓰는 무당집 딸이 있고, 연주실 사건도 귀신 짓인지 아닌지 고민했으니까.

"세월아, 나 뭐 하나 물어봐도 돼?"

"뭔데?"

"솔직히 난 네가 김해원을 따로 불러가면서까지 이 일에 개입할 줄 몰랐거든. 나야 귀신이 엮여 있을까 봐 관심을 가졌던 거고, 성여름한테 상담해 준 것도 성여름 쪽에서 먼저 부탁해서였잖아."

"그랬지."

"근데 성여름이 상담을 거부한 지금은 왜 이렇게 적극적인 거야?"

"그야 아직 무슨 일이 있었는지 알아내지 못했으니까……."

"그게 다야?"

"응?"

"목적이 그거였다면 성여름을 붙잡았겠지. 시나리오 봐서 알고 있잖아. 김해원은 당사자가 아니야. 성여름만큼 진상을 정확하게 알고 있는 사람은 없다고."

그렇게 불안해하는 사람을 어떻게 더 건드리겠어.

"걔는 자기가 자는 동안 돌아다녔다는 사실조차 자각하지 못했잖아."

"하지만 우리는 이미 그 사실을 알고 있었지. 그리고 이젠 성여름도 알아. 그렇다면 예상 가는 이유를 알고 있는 건 성여름 외에는 없을 거야."

"그러는 너도 엄청 관심 가졌잖아, 귀신이 연주한 게 아니라는 걸 알고서도."

"도움이 필요해 보였으니까."

소원의 눈빛과 목소리가 너무 또렷했다. 괘씸한 누군가가 지운 탓에 군데군데 빈 봄날 속에서도 여전히 남아 있는, 그중에서도 저 눈만큼이나 또렷한 기억이 있었다. 방학식 전날, 우연히 소원을 마주친 나는 내가 저 애처럼 감정에 쉽게 물들 수 있는 사람이기를 바란 적이 있었다.

"너한테 뭐라고 하는 게 아니야. 그냥 너도 깨달았으면 하는 것뿐이지. 너는 네가 고민 상담부를 연 이유를 기억 못 하겠지만, 나는 기억해. 그리고 그건 남들을 돕기 위해서는 전혀 아니었어."

소원이 내가 지워진 기억이 있다는 걸 모를 거라고 생각하지는 않았다. 다만 그걸 전제로 한 말을 그 입에서 직접 듣는 건 처음이었다.

"그건…… 예상했어."

"그래서 네가 자각했으면 했어. 네가 움직이는 원동력이 남을 돕기 위해서가 될 수도 있다는 걸."

남을 돕기 위해 움직인다니. 나는 그 말에 이 학교에 들어오기 전 내 모습을 찬찬히 되새겼다. 내가 누군가의 불안을 예민하게 눈치채던 사람이던가. 누군가가 죽고 사는 문제도 그저 풀어야 할 숙제로만 보던 내가 언제부터 누군가의 슬픈 표정을 머릿속에서 지우지 못하는 사람이 됐을까.

소원을 빌 때 바랐던 것만큼이나 이상적인 일상은 아니었다. 감정은 생각한 것만큼 내 속에서 휘몰아치지도 않았다. 나도 모르는 이유로 내 행동이 결정되는 건 그다지 유쾌하지 않구나. 내가 성여름을 도우려던 진짜 이유를 이제야 깨달은 것처럼.

"기분이 좋지는 않네."

"남을 돕고 싶어 하는 마음이 생긴 게?"

"아니, 내가 남의 감정에 예민해졌다는 건 예전에 눈치챘어. 그런데도 내가 왜 성여름을 돕는지 진짜 이유를 알아채지 못했다는 게 마음에 안 드는 거지."

내가 나를 모르는 감각이 너무 싫었다. 기억의 공백이

얼마나 불쾌한지 매번 느끼는 것도 지겨웠다. 그때 머리 위로 누군가의 손이 살포시 올라왔다. 그 손이 나도 모르게 삐져나온 머리를 가지런히 정리해 주었다. 장난기를 가득 담은 말투와는 전혀 어울리지 않는 행동이었다.

"본인을 제일 잘 아는 건 본인이겠지. 하지만 어떨 때는 자신을 알기 위해서 남의 시선을 빌려야 할 때도 있어. 그래서 상담이 있는 거잖아."

또 이 타이밍에 상담을 권할 셈인가. 그러나 혜성은 거기까지 나아가지는 않았다. 다만 잠깐 잊고 있던 화제를 다시금 끌어왔을 뿐이다.

"그래서 김해원과는 어떤 얘기가 오갔는데?"

나는 김해원이 해 준 이야기를 최대한 요약해 말한 후 개인적으로 수상하다 생각했던 점을 덧붙였다. 단편을 언급하지 않은 것에 대해서는 의견이 갈렸다.

"그냥 필요 없어서 말 안 한 거 아냐?"

소원은 그 점을 그리 중요히 여기지 않았고, 혜성은 지적을 들은 동시에 사냥감을 발견한 듯 눈을 빛냈다.

"자기 진심을 너무 가득 담아서 무의식적으로 숨긴 걸 수도 있겠지. 어느 쪽인지는 직접 확인하면 될 거고."

혜성의 말에 소원이 고개를 홱 돌렸다.

"임혜성, 그만둬."

"세월이도 이런 선택지가 있다는 건 알아야지. 행여나 다른 마음을 품은 거면 어떡해? 찜찜한 게 있다면 확실히 확인하고 넘어가는 게 낫지."

소원이 말리기도 전에 혜성은 전조도 없이 자신의 비밀을 아무렇지 않게 툭 뱉었다.

"내가 들여다볼 수 있어."

"응?"

"지우는 것뿐만 아니라, 남의 기억을 들여다보는 것도 가능해."

그게 뭘 뜻하는지 나는 바로 이해했다.

"김해원의 기억을 들여다보겠다는 뜻이야?"

"너만 동의한다면."

기억을 읽지 않는 쪽이 맞는 거겠지. 보통이라면 그렇다. 하지만 단서를 두고 답을 얻을 기회를 외면하는 건 성미에 맞지 않았다.

"아무래도 내가 나를 완전히 모르는 건 아니었나 봐."

돕고 싶은 마음이 기저에 깔린 건 사실이다. 그러나 호기심이 제일 큰 원동력이라는 건 아직 변하지 않은 모양이다.

"그 대신 조건이 있어. 우선 내가 단편에 대해 직접 물어

볼게. 소원이 말대로 이유 없이 넘어간 걸 수도 있으니까."

"그리고?"

"만약 죄책감이 너무 들어서 견디기 힘들면 이렇게 생각해. 너는 선택지를 줬을 뿐이고 결정을 내린 건 나라고. 틀린 말 아니잖아."

애매하게 양심 있는 게 제일 별로라고 어디서 들은 것 같은데 내가 그럴 줄은 몰랐다. 객관적으로 봤을 때 내가 아는 사람 중 제일 걱정되지 않는 사람이 혜성인 걸 생각하면 비합리적인 대처인 것도 알았다.

"소원아, 성여름이 상담을 거부한 지금 상황에서는 할 수 있는 게 얼마 없어. 다른 방법이 있다면 그걸 택하겠지만……."

"마음을 다해서 설득해도 되는 거잖아, 그런 편법을 쓰는 게 아니라. 너희가 자신 없다면 내가 해 볼게."

불가능하다고 생각해 떠올리지 못한 선택지였다. 나는 일부러 혜성의 표정을 살피지 않았다. 소원이 말했듯 나는 고민 상담부를 만든 이유를 여전히 떠올리지 못했다. 그러나 정말 그 이유로 만든 거냐며 소원과 싸운 적은 있었다. 그때 본 소원의 표정이 문득 기억났다.

"이런 적이 또 있구나."

"뭐?"

"그때의 나도 알고 있었던 거야. 혜성이 기억을 지울 수 있다는 걸."

상담 일지에 적힌 글씨는 분명 내 것이었다. 거기서 이미 눈치챘다. 과거의 나는 지금보다 혜성에 대해 더 많이 알고 있었다는 걸.

나는 그 말을 꺼내는 동시에 소원의 주먹 위로 조심스레 손을 올렸다. 꽃샘추위 탓인지, 아니면 나 때문인지 손등이 얼음장 같았다.

"잊어서 미안해."

"네가 그러고 싶어서 그런 게 아니잖아."

"내가 너랑 보낸 시간까지 잊은 건 아냐."

내 변화에는 소원의 역할도 분명 있었다. 그러니 소원과의 기억이 다른 나날보다 이리도 선명한 거겠지.

나는 소원을 보며 말했다.

"미안할 일을 또 만들게 되겠네."

"너 아직도……."

"김해원 설득하는 일 부탁해도 될까? 난 여전히 자신이 없어서 말이야."

그래, 나는 이제 이런 선택도 내릴 수 있는데. 혜성의 폐

이스에 휩쓸려 그걸 잊고 있었다.

혜성에게 지나치리만큼 휘둘렸던 건 내가 모르는 기억이 있다는 불안감 때문이다. 나는 부탁을 마친 뒤에야 혜성에게 시선을 주었다. 혹시 내가 제 손에 휘둘리는 게 의도였다면 지금쯤 인상이라도 쓰고 있을까 싶었다. 그러나 혜성은 아주 잠깐 놀란 기색을 비출 뿐 별다른 반응을 보이지는 않았다.

소원은 알겠다는 듯 내 제안을 수락했다. 오늘 안에 결판을 짓지 않으면 혜성이 선을 넘을 거라 생각했는지 쏜살같이 자리를 떠났다. 그 탓에 나는 혼자 보낼 줄 알았던 도서관에서의 아침을 혜성과 함께 보내게 되었다.

마지막으로 상담다운 상담을 한 게 언제였더라. 그것보다 멀쩡히 대화를 마무리한 적을 떠올리는 게 더 빠르려나. 오늘도 평정을 유지하지 못할 거라는 걸 알았기에 차라리 정적이 오래가기를 바랐다. 그렇다고 혜성을 두고 혼자 나가고 싶지는 않았다. 나는 눈에 뒀던 책을 몇 권 꺼내 소파 위에 풀썩 주저앉았다.

책을 읽는 동안 종종 혜성의 시선이 느껴졌다. 평소에도 문득 나를 바라볼 때는 있었지만 이번에는 그런 것치고는 시선이 꽤 오래 머무르는 것 같았다.

"할 말 있어?"

조금 전 결정에 아직 불만이 있나 싶었다. 그러나 혜성이 기다렸다는 듯 꺼낸 화제는 방금의 일과는 전혀 상관없는 내용이었다.

"너는 졸업하면 뭐 할 거야?"

"갑자기?"

"그냥, 이런 얘기는 한 번도 해 본 적 없던 것 같아서."

"당연하지, 생각해 본 적이 없으니까."

그런 걸 깊게 고민할 여유가 없었다. 앞날로 발을 디디려면 적어도 옛일이 내 앞을 막으면 안 되는 거 아닌가. 아무리 악몽을 꾸는 빈도가 팍 줄었다고 해도 그게 미래를 생각할 여유가 생긴다는 뜻은 아니었다.

혜성은 순식간에 옆으로 다가와 내 얼굴을 빤히 바라보았다. 그 눈빛이 어쩐지 서늘해 물러날 생각조차 하지 못했다.

"나는 내가 네 앞날을 고민하기를 바란다고 생각했어. 그건 네가 충분히 여유가 생겼다는 뜻이니까."

혜성은 방금 정리해 흐트러졌을 리 없는 내 머리카락으로 손을 가져다 댔다. 그러고는 애초에 삐뚤어 있었다는 듯 내 귀 옆에 있던 몇 가닥을 살짝 잡아당겼다. 다시 놓는 손길이 실수로라도 닿으면 차가울 것 같아 몸이 저절로 뒤로 기울었다.

"그런데 아니었나 봐."

혜성은 그 말만을 남기고 자리에서 일어났다. 잡을 새도 없이 뒷모습이 멀어졌다. 아니, 정확히는 멀어지려 했다. 내가 그 팔을 붙잡지 않았다면 분명 그랬겠지.

"내가 똑같기를 바라는 거야?"

"무슨 소리야?"

"너만 기억하는 내 모습이랑 지금의 내가 어디 하나 똑같기를 원하는 거냐고."

앞날 같은 건 없이 특정한 순간에 멈춰 있기를 바라는 걸까.

"난 하나도 몰라. 네가 그때 나랑 무슨 얘기를 했는지, 뭘 같이했는지 하나도 모른다고. 근데 너는 날 볼 때마다 내가 눈앞에 있는데도 계속 나를 그리워하잖아."

최대한 차분하게, 감정을 싣는 대신 내가 하고 싶은 말을 찬찬히 전하려 했다. 분명 목소리는 침착하고 올곧은데도 말한 문장을 나열해 보면 감정적이기 그지없었다. 설명보다는 투정에 가까운 말이었다.

"그래, 그때의 나는 뭐라고 답하든? 무슨 답을 원했던 건데?"

"답은 못 들었어."

순식간에 가라앉은 목소리에 나도 모르게 움찔했다.

"다시 돌아간다면 그 정도 질문은 던져 볼 수 있을 텐데."

혜성은 울지도, 그렇다고 소리를 지르지도 않았다. 혜성의 말은 더없이 무거워서 그 말을 껴안았다가는 같이 아래로 가라앉아 버릴 것만 같았다. 한 줄기의 햇살이 혜성의 눈가를 비췄다. 혜성의 갈색 눈동자는 밝은 곳에서도 드문드문 붉게 보이고는 했다. 나는 속눈썹에서 볼 한가운데까지 이어진 빛의 선 위로 손을 뻗었다. 그러고는 마치 눈물을 닦아 주듯 엄지로 그 부분을 쓸어내렸다.

그 순간 혜성이 내 손을 확 잡아챘다.

"딱 한마디 기억난다. 졸업하고서도 연락하고 지내지 않겠냐고 나한테 물어봤어."

혜성은 내 손을 잡아당기지도, 그렇다고 다시 놓지도 않았다. 다만 하나밖에 없는 동아줄을 잡듯 붙잡힌 손이 아플 정도로 힘을 꽉 쥐었다.

"그리고 내가 그런 널 무참히 배신했고."

"배신?"

"내가 네 기억을 지운 게 거의 그 직후였거든."

알아챈 것과 직접 듣는 건 느낌이 아예 달랐다. 호기심 하나가 풀린다고 해서 만족감이 들지는 않았다. 도리어 꾹 눌러 놓았던 의문이 둑이 터지기라도 한 듯 한꺼번에 차올랐다.

"그렇게 매몰차게 기억까지 지운 사람한테 왜 다시 돌아온 거야?"

"네가 그러기를 바랐으니까."

"바랐다고? 네 마음대로 해석한 게 아니라?"

"네 입으로 그랬어. 반드시 다시 돌아와 달라고. 돌아오지 않으면 어떻게든 기억해 내겠다고 말이야."

내가 그렇게 말했다니 믿기지 않았다.

"예전의 내가 기억이 지워질 거라는 사실을 미리 알고 있었어?"

"기억을 지워 달라 한 건 네 부탁이었어."

기억에도 없는 과거의 내가 도무지 이해가 가지 않았다. 혜성의 비밀을 전부 알고 나면 왜 내가 그런 선택을 내려야 했는지 이해하게 될까. 갈피조차 잡히지 않는 마음을 읽는 건 완전한 타인을 상대하는 상담 때보다도 훨씬 어렵게 느껴졌다.

혜성은 말을 마치고 내 손을 놓아주었다. 손을 감싸던

압박감이 사라지니 긴장도 풀리는 것 같았다.

혜성이 물었다.

"그나저나 볼은 왜 쓰다듬은 거야?"

"그게…… 네가 운다고 순간 착각했어. 하긴 착각할 게 따로 있지. 햇살이랑 눈물을 헷갈리는 게 말이 안 되지."

"끌어안아 주고 싶다는 생각은 안 들었어?"

혜성은 도서관의 창문을, 이윽고 소파를, 마지막에는 나를 순서대로 쳐다보았다.

"방금은 그때랑 비슷하다고 생각했는데."

너무 얼토당토않은 소리라 그 말을 끝으로 나서는 혜성을 붙잡을 생각조차 들지 않았다. 대체 뭘 기대했기에 끌어안고 말고 소리가 나올까. 예전의 내가 어떤 모습이었을지 도무지 짐작조차 가지 않았다.

\* \* \*

혜성은 도서관에서 나오자마자 소원의 기척을 쫓았다. 예상한 대로 소원은 그새 김해원을 불러 기숙사 앞 정원에서 이야기를 나누고 있었다.

"그 소설도 괜찮았지만, 제일 최근에 쓴 단편이 나는 가장 좋더라. 몸에서 벚꽃이 피는 환자 이야기."

"그것도 읽었구나."

"묘사가 꽤 실감 나던데? 영감을 받은 이야기가 따로 있는 거야?"

김해원은 언뜻 듣기에도 실속 없는 해설을 쭉 나열했다. 혜성은 묘하게 괴로워 보이는 소원을 보며 장황한 설명에 질렸나 보다 했다. 사실 그게 양심에 찔린 표정이라는 건 소원이 다시 입을 연 뒤에야 알 수 있었다.

"잠시만, 고백할 게 있어."

"응? 고, 고백? 무슨……."

"내가 네 소설을 좋아하지만 네게 오늘 묻고 싶은 건 그런 게 아니야."

"그럼 뭔데?"

"얼마 전에 연주실에서 바이올린 연주를 들었어. 난 그게 귀신의 소행이라고 생각해서 조사해 봤고."

소원은 간을 잴 것도 없이 지금까지 있었던 일을 적당히 줄여 그대로 읊었다. 혜성은 지금이라도 튀어 나가서 말리는 쪽과 나중에 김해원의 기억을 따로 지우는 쪽 중 하나를 진지하게 고민하기 시작했다.

"그래서 찾아온 거야. 불쾌했다면 사과할게. 하지만 난 성여름과 너를 진심으로 돕고 싶어."

"솔직히 불쾌하기는 하네."

"아무래도 그렇겠지. 미안해, 그래도 의도를 굳이 숨겨가며 캐묻고 싶지는 않았어. 거절당하더라도 솔직한 편이 낫다고 생각했거든."

그 말에 김해원의 표정이 구겨졌다. 그 와중에 혜성은 김해원의 시선이 소원이 아닌 김해원 자신의 손을 향해 있다는 걸 알아챘다.

"나는 그러지 못했어."

"성여름 연주를 신작 핑계로 녹음한 거? 그것도 듣기는 했어."

"솔직한 게 나쁜 건 아니지만 상상 이상이다, 너."

"전해 들은 것만으로도 알 수 있었거든. 네가 후회하고 있다는 걸 말이야."

"후회만 했다면 스스로가 이렇게까지 싫어지지는 않았을걸."

자신을 향한 원망을 담은 눈길이 갈 곳을 잃고 이리저리 움직였다. 벤치 위로, 다시 소원에게로.

"자질구레한 것까지 말할 생각은 없었어. 성여름을 도와야 한다는 메시지만 너희에게 전해지면 됐거든. 그 메시지를 전달하는 걸 방해하기 위해 내 개인적인 감정을 덧붙이는 건 오히려 독이라고 생각했고."

"이제는 자질구레한 것도 말해 주는 거야?"

"내가 그다지 적극적이지 않다는 걸 알아야 너희가 더 조바심이 날 것 같아서."

김해원은 목이 타는지 마른침을 한번 삼키고 다시 말을 이어갔다.

"작년 연말쯤이었어."

목소리가 나오는 순간, 김해원이 떠올린 풍경이 주변 곳곳으로 넘쳐흘렀다. 그건 혜성에게만 보이는 풍경이었다. 보려고 의도하지 않아도 붉게 빛나는 홍채로 온 장면이 달려들었다.

혜성은 세월의 기억을 처음 들여다보았을 때를 떠올렸다. 과거를 들여다보고 싶다고 생각했으나 세월의 과거를 의도적으로 들여다보려고 시도하지는 않았다. 그때는 무의식적으로 바랐기에 그런 능력이 발현됐고, 마침 상대도 그 기억을 선명하게 떠올리고 있었기에 가능했다. 혜성이 기억을 읽는 게 아니라 기억이 혜성에게로 찾아오는 거였다. 약간의 호기심이라는 틈을 비집고 쏜살같이 밀려 들어왔다.

\*\*\*

"발표도 끝났고, 방학도 시작했고. 이제 바이올린 잡을 일은 없겠네."

그렇게 말하면서도 성여름은 여전히 바이올린을 손에 쥐고 있었다. 김해원과 성여름은 쏜살같이 계단을 내려갔다. 바깥쪽 창틀에 함박눈이 잔뜩 내려앉아 있었고 실내마저도 추운지 성여름의 볼이 빨갛게 달아올라 있었다. 김해원의 시선으로 보는 성여름은 햇볕을 받은 눈송이보다도 밝게 빛났다.

"그거 들고 어디가? 연주실에 반납해야 하는 거 아니야?"

"음악 선생님이 수행평가 끝나고도 개인적으로 써도 된다고 하던데?"

"음악 선생님이?"

"그래서 못 쓰게 만들려고. 아예 망가뜨리겠다는 건 아니고, 적당히 핑계 삼을 정도로만. 그 사람이 교사만 아니었어도 마음 같아서는 그냥 버리고 싶은데, 굳이 반항하는 티를 내서 손해 볼 건 없잖아."

성여름이 도착한 곳은 학교 연못 옆 정자였다. 우산 하나 없는 탓에 성여름의 머리카락도, 바이올린도 그새 전부 눈으로 뒤덮였다. 악기에 닿은 눈이 계속 녹아내리는 탓에 바이올린의 몸체도, 활도 계속 습기를 먹었다.

"사실 바이올린을 꽤 오래 배웠거든. 공연도 종종 했어."
"정말?"
"응, 엄청 큰 대회만 나갔던 건 아니고, 학원에서 소규모로 여는 발표회도 했어. 애들끼리 서로 앙코르를 외쳐 주기도 했는데……."

눈발 너머로 해사한 성여름의 미소가 선명하게 들어왔다. 행복한 기억을 떠올릴 때나 지을 표정이었다. 물기를 먹은 활은 현과 닿는 동시에 쫙 미끄러졌다. 그 탓에 성여름은 평소보다 조금 더 힘을 주고 활을 켰다.

"그러면 자연스레 제일 손에 익은 곡으로 마무리하게 되더라."

훨씬 힘이 들어간 활에서 흘러나오는 자장가는 더 이상 평화롭지 않았다. 그러나 여전히 특유의 부드러운 분위기가 남아 있어 애절하게 들렸다. 시간이 흐를수록 새하얗게 물들어 가는 성여름의 모습에 저절로 시선을 뺏겼다. 활에도, 성여름의 눈가에도 계속 눈송이가 내려앉았다. 성여름의 표정은 더없이 후련했다. 앙코르로 수없이도 연주했다던 곡을 반복해서 연주했다. 악기가 눈을 버티지 못하고 스스로 무너져 내릴 때까지 말이다.

악기를 망가뜨리기 위해 이런 짓을 한다는 말을 분명 들었음에도 김해원은 어쩐지 핑계 같다고 생각했다. 티 나지 않게 악기를 고장 내는 데에는 다른 방법도 충분히 있을 테니까.

아직 미련을 놓지 못한 게 아닐까. 거기까지 생각이 닿자 눈구름 탓에 하얗기만 한 하늘이 무대의 조명처럼 보였다. 김해원은 저도 모르게 무대에 오른 성여름의 모습을 상상했다. 어떤 식으로 바이올린을 켰을까. 몇 년을 쉬었는데도 이런 실력이라면 그때의 연주는 얼마나 좋았을까. 과거를 상상하고 나면 생각은 자연스레 시간의 기울기를 타고 미래로 흘러간다. 마치 관성처럼 꿈을 이룬 성여름의 모습을 계속 지금의 풍경에 덧씌우게 된다.

눈 한가운데 서 있는 연주자는 분명 김해원이 바라 오던 비일상에 가장 가까운 장면이었다. 그런데도 김해원은 눈앞의 풍경에 만족하지 못한 채 그 이상을 바랐다. 성여름이 그것을 바라지 않는 걸 알면서도.

손에서 미끄러져 놓친 활이 푹 소리와 함께 눈 덮인 바닥 위로 떨어졌다. 성여름은 그걸 줍는 대신 바이올린마저

바닥에 내려놓고 풀썩 눈 위로 누웠다.

"이 정도로 망가뜨렸으면 선생님도 대충 포기하시지 않을까. 내가 자격이 없다고 생각해 주면 좋을 텐데."

김해원은 얼른 다가가 성여름 옆에 놓인 바이올린을 주웠다. 성여름이 그걸 의아하게 쳐다보자, 김해원은 악기에 묻은 눈을 털어 내며 자기가 생각하기에도 조잡한 변명으로 둘러댔다.

"눈 맞은 티가 나면 의심받을지도 모르니까. 우선은 말려 두는 게 나을 것 같아."

"그래, 그러자."

\* \* \*

"그때 나는 여름이가 꿈을 되찾기를 간절히 바랐어. 그게 걔가 원하지 않는 일인 걸 아는데도 말이야."

"그걸 남들한테 말하기 어려워서 그 단편을 쓴 거고?"

김해원은 혹여나 험한 대답이라도 돌아올까 싶어 소원과 눈을 마주치지 못했다.

"왜 죄지은 것처럼 그러고 있어?"

"방금 말했잖아, 여름이가 연주를 피하는 걸 아는데도

기미가 보이자마자 그런 생각이 들었다고. 그게 잘못이 아니면 뭐겠어."

"하지만 넌 세월이에게 성여름을 도와달라고 했지 성여름의 꿈을 찾아 달라고 부탁한 건 아니잖아. 그리고 네가 그렇게 생각한 이유도 결국 성여름이 행복해지기를 바라서 아니야?"

소원은 얼빠진 얼굴로 여전히 시선을 맞추지 못하는 김해원에게 걱정 어린 핀잔을 던졌다.

"대단한 비밀도 아니네, 뭐."

"이게?"

"응, 심지어 성여름한테 다시 꿈을 좇으라고 강요한 것도 아니고."

"당연하지, 어떻게 그래?"

"모르긴 몰라도 그런 말 이미 많이 들었을걸."

소원은 손목에 낀 팔찌를 저도 모르게 만지작거렸다. 알알이 꿰인 구슬이 서로 가볍게 부딪치는 바람에 고요함 사이로 딱딱거리는 소리가 울렸다.

"꿈을 포기하라는 말만 잔소리가 아니야. 내가 포기했다는데 왜 그만뒀냐면서 억지로 밀어붙이는 사람도 꽤 많거든."

혜성은 그런 소원의 행동을 유심히 지켜보았다. 혜성은 혹시나 또 다른 회상이 시작될까 싶어 저도 모르게 움츠러들었다. 제 경험담이 아닌 건지, 아니면 단순히 소원이 그때를 떠올리지 않은 건지는 몰라도 다행히 뭔가 더 흘러들어오는 일은 없었다. 방금 일만으로도 혜성은 충분히 당황하고도 남았다.

혜성은 곧장 자리를 빠져나와 어디론가 전화를 걸었다. 몇 번 울리자마자 장난기 넘치는 목소리가 스피커 너머에서 흘러나왔다.

"아이고, 화괴씩이나 되시는 분께서 고작 인간한테 따로 전화를 해 주셨네."

"됐고, 질문에나 답해."

"뭔데?"

"네가 분명 그랬잖아, 훈련하면 기억을 읽을 수 있다고."

"그럴 수도 있다는 거지."

"아무튼 성공은 했어. 문제가 있다면 내 의지가 아닌데 무작정 누군가 회상하는 장면이 몰려오기도 한다는 거야."

곧바로 돌아올 줄 알았던 답은 몇 초간의 침묵을 사이에 둔 뒤에야 돌아왔다.

"최근 들어? 아니면 처음부터?"

"잘 모르겠어. 처음 성공했을 때 이후로는 한 번도 이런 일을 겪은 적이 없어."

"혹시나 했는데, 그럼 나랑 같나 보네. 그게 정상이야."

혜성은 어느새 걸음조차 멈춘 채 숨죽여 영명의 말을 들었다.

"이젠 읽고 싶다고 생각하지 않아도 읽게 될 거야. 네가 읽고 싶지 않다고 단단히 마음먹으면 좀 나을지도 모르겠네."

"너도 이랬다는 거야?"

"나도 괴물이었잖아, 수명 먹는 괴물. 괴물 시절의 나도 수명을 보고 싶어서 봤던 적 없어. 억지로 보게 된 거지. 나는 누군가를 잃는 두려움을 알았을 때부터 인간의 수명이 보였어. 내가 보려고 하지 않아도 말이야."

그 누군가에 대해서는 어렴풋이나마 짐작 가는 사람이 있었다. 온전히 인간으로 살아가기 위해서는 모든 기억을 버리고 싶을 만한데도 결국은 그러지 못했지. 그런 생각이 들게 한 사람이 있다면 그런 변화를 일으켜도 이상할 건 없다고 혜성은 생각했다.

"왜 이런 걸 진작 설명하지 않고……. 아무튼 이런 일이 일어나는 이유가 뭔데?"

"내가 세운 가설이 있는데, 듣고 싶어?"

혜성은 침묵으로 그 답을 대신했다.

"간단해. 이제 이야기는 네게 단순한 동력원이 아니라는 거지. 나한테 수명이 그랬듯이."

"무슨 소리야?"

"지금까지는 네가 일방적으로 이야기를 먹었지? 이제는 이야기도 너를 집어삼킬 거야. 네가 그러기를 원하지 않을 때도."

"네가 남의 수명을 보고 싶지 않아도 봤던 것처럼?"

"맞아. 다시 말해 너는 이제 이야기를 온전히 통제할 수 없어. 보통 인간이 그렇듯이 말이야."

"뭐?"

"원래 사람은 정해진 수명에 휘둘리고, 겪어 온 이야기에 영향을 받잖아."

"그러니까 네 말은, 이게……."

"인간이 되는 과정이라는 거지."

차마 아무 대답도 하지 못하는 혜성의 반응이 즐거운지 영명의 목소리에서 약간 들뜬 기색이 느껴졌다.

"좀 즐겨. 원래 예측 불가여야 삶이 재밌지. 통제하는 습관 좀 버리고. 네가 이세월 대하는 것만 봐도 온실 속 화초도 그런 화초가 없어."

뭐라 반박하기도 전에 전화가 툭 끊겼다. 혜성은 다른 건 몰라도 자신을 열 받게 하는 방법을 제일 잘 아는 사람은 틀림없이 영명이라고 생각했다.

온실은 따스하기라도 하지. 혜성은 방금 자신을 휩쓴 장면에 잡아먹힌 것만 같은 기분을 느꼈다. 성여름이 바라지 않는다는 걸 알면서도 옛날 꿈을 좇기를 간절히 바라던 그 순간의 김해원이 아직도 제 안에 남은 것만 같았다.

세월의 변화를 지켜보는 건 즐거웠지만 예상치 못한 행동에 놀랄 때마다 기쁘면서도 어쩐지 아쉬운 느낌을 떨칠 수가 없었다. 그 아쉬움이 어디서 오는지 이미 알고 있었다.

'세월이는 이제 내가 없어도 계속 나아가겠지.'

감정에 둔감하다 못해 없는 것처럼 행동하는 세월이 혜성 자신과 무척이나 닮았다고 생각했다. 그러나 세월은 혜성에게만 영향을 받지 않았다. 고민 상담부에서 보낸 일 년 동안 수많은 사람을 겪었고, 그들에게서 무언가를 얻었다. 한 사람만을 중심으로 세상이 굴러가는 자신과는 너무나도 다른 삶이었다. 그 한 사람이 수십 년 전에는 한 아이였고, 이곳에 온 뒤로는 세월이었다.

자신이 괴물이라는 걸 알고 있는 사람, 아니 알고 있던 사람. 만약 같은 방식으로 다시 만나게 되면 지금의 세월은 그때처럼 아무렇지 않게 자신을 받아들여 줄까. 소원이 동아리에 들어오기 전, 세월에게도 혜성에게도 서로밖에 없던 짧은 순간. 혹시나 잠깐이라도 그때로 돌아갈 수 있을지 궁금했다.

하지만 세월의 변화가 자신이 바라지 않던 방향이라면? 과거의 세월과 달리 혜성과 더는 공존할 수 없는 상태라면 어떻게 될까.

## 14. 앙코르의 의미

성여름을 다시 마주한 건 우연이었다. 한 번은 마주치겠거니 생각했어도 그게 김해원을 만난 지 반나절도 지나지 않아서일 줄은 몰랐다. 그것도 복도 한가운데에서 말이다.

아직 성여름을 어떻게 대해야 할지 제대로 생각하지 못한 상태였다. 그건 성여름도 마찬가지였는지 눈이 마주치자마자 보는 사람이 다 어색할 정도로 걸음이 느려졌다. 그러고는 갑자기 뒤로 휙 돌아서더니 왔던 길을 다시 돌아갔다.

나도 이대로 돌아서는 편이 낫겠다고 머리로는 생각했다. 그런데 어느새 나는 성여름의 뒤를 쫓고 있었.

"왜 쫓아오는데?"

"일단 좀 서 봐!"

내가 복도 한가운데에서 추격전을 벌일 줄은 꿈에도 몰

랐다. 지금 이대로 보내면 후회할 것 같았다. 대체 나는 무슨 말을 하고 싶은 걸까. 고민한 끝에 쫓는 게 아니라, 쫓으면서 고민하는 지금의 모습이 낯설기까지 했다.

"제발 좀 돌아가!"

성여름의 일을 생각할 때만큼은 모든 게 명확하게 느껴져서일까. 억제할 수 없는 호기심 때문일 수도 있겠다. 아니면 소원이 말한 것처럼 단순히 내가 누군가를 돕고 싶어진 걸 수도 있고.

"일단 미안해!"

"상담 다시 받으라는 얘기면 사양이야! 애초에 내가 너랑 친한 것도 아니고, 친구 소개받아서 한 상담이잖아. 대체 나한테 왜 이러는데?"

"도와주고 싶어서!"

그때 철퍼덕 소리와 함께 성여름이 요란하게 넘어졌다. 나는 얼른 속도를 내 쓰러져 있는 성여름에게 손을 내밀었다. 성여름은 주저앉은 채 어이없다는 얼굴로 내 눈을 응시했다.

"뭐?"

"도울 수 있으면 돕고 싶어. 근데 네가 왜 이런 일을 겪고 있는지 알아야 내가 널 도울 수 있을지 없을지 알지."

시선을 맞추던 성여름의 눈이 내 손을 향해 방향을 돌렸다. 성여름은 내 손을 잡는 대신 알아서 몸을 일으켰다.

"신선하네."

"긍정적인 뜻이야?"

"어이가 없다는 뜻이야. 해원이도 나한테 궁금한 티는 최대한 내지 않으려고 열심히 숨기던데, 넌 어떻게 이렇게 뻔뻔하냐?"

"내가 원래 그래. 요즘 잊고 살았는데 사람 본성은 어디 안 가더라고."

"해원이 이름을 들어도 놀라지 않네?"

나는 그 말에 가볍게 고개를 끄덕여 대답을 대신했다.

"걔가 미리 말해 줬어?"

"대충 짐작했을 뿐이야. 김해원한테 따로 들은 건 없어."

오늘 아침에 잔뜩 털고 오기 전에는 말이야.

"일단 자리를 좀 옮기자. 주말이라 기숙사 문은 열려 있을 테니까……."

성여름의 말이 끝기기 무섭게 뒤쪽에서 그림자가 드리웠다. 한창 이야기를 나누느라 구두 소리를 미처 눈치채지 못했다. 뒤돌아본 곳에는 나와 성여름을 번갈아 보며 씩 웃고 있는 음악 선생님이 있었다.

"어수선해서 나와 봤는데 여름이 너 여기서 뭐 하니?"

성여름은 그 말에 대답하지도, 선생님 쪽을 쳐다보지도 않았다.

"나 먼저 가 볼게. 나중에 이야기하자."

"4층에는 연습하러 온 거니?"

"이따 연락할게."

자신을 향해 쏟아지는 질문이 들리지도 않는다는 듯 성여름은 쏜살같이 자리를 피했다. 나도 그 분위기를 따라 사라질 참이었으나, 선생님은 이미 사라진 성여름 대신 나를 붙잡았다.

"세월이 맞지? 국어 선생님한테 네 얘기 종종 들었어. 도서부장이랑 고민 상담부 부장을 같이하고 있다며?"

"네."

"선생님 상담도 좀 해 주지 않겠니?"

"네?"

"농담이야, 하지만 부탁할 게 있기는 해."

음악 선생님은 살짝 고개를 숙이더니 주변에 들을 사람이라고는 없는데도 나지막이 귓속말을 건넸다.

"그때 너도 있었지?"

그때가 언제인지 모를 만큼 눈치가 없지는 않았다. 선생님은 다시 뒤로 물러나더니 더없이 상냥히 웃으며 말을 이었다.

"숨고 싶어 하는 것 같아서 보고도 넘어가기는 했어."

"눈물 나게 감사하네요."

"여름이랑 친해 보이던데, 알고 지낸 지 오래됐니?"

뭐라 대답할지 고민할 필요는 없었다. 그건 본론을 꺼내기 전에 의례 차 꺼내는 서두였으니까.

"이미 봐서 알고 있지? 여름이가 바이올린을 잘 켠다는 거. 사실 여름이는……."

"바이올린 전공을 지망했다는 거요?"

"그것까지 너한테 말해 줬니?"

사람이 눈을 빛내는 게 이렇게나 기분 나쁜 일이구나.

"그럼 이야기가 좀 빠르겠다. 혹시 여름이를 설득해 줄 생각은 없니? 여름이 같은 유망주가 다른 길을 걷는 게 아쉬워서 그래."

"그런 이야기 할 정도로 친하진 않아요."

"하지만 넌 여름이를 상담해 주고 있잖니?"

그건 또 어떻게 알았을까, 하고 속으로만 생각했을 뿐인데 얼굴에 다 드러난 건지 부연 설명이 붙었다.

"둘이 같이 다니는 걸 본 적이 없는데, 갑자기 같이 있는 게 이렇게 자주 보일 이유는 상담뿐이니까."

"갑자기 친해졌을 수도 있죠."

"그럴 수도 있겠지만 여름이는 상담이 필요한 상태잖아."

"네?"

"그 애가 자기도 모르게 연주실에 찾아오는 건 알고 있었어. 예전에도 그런 적이 한 번 있거든. 그것 때문에 너한테 상담받는 거겠지."

성여름이 과거에 그런 증상이 있다는 걸 알고 있었다니. 김해원에게 들었을 때는 소식 정도만 아는 사이라고 생각했지, 성여름의 지병까지 알고 있을 거라고 생각하지는 못했다.

"그러니 네가 잘 타일러 주렴. 여름이가 연주실에 찾아올 때마다 문을 열어 주고는 있지만, 혹시나 잠든 채로 연습하다가 다치면 어쩌니. 얼른 정신 차리고 원래대로 돌아와야 할 텐데."

"무슨 소리인지 이해가 안 가는데요?"

"미련을 못 버려서 저러는 거야. 여름이가 처음 저 증상을 보인 건 바이올린을 그만둔 직후였어. 아직도 저러는 걸 보니 여전히 못 잊었다는 거지."

충분히 그럴듯한 말이었다. 그 꿈이 간절할수록 떠올리기도 괴로운 법이니까. 그럼에도 나는 그 말을 도무지 곧이곧대로 받아들일 수 없었다.

상담은 본인을 되돌아볼 수 있게 하는 용도지, 사람 마음을 제멋대로 조종하는 도구가 아니었다. 그런데 지금 선생님이 하는 말은 선생님이 바라는 대로 성여름이 움직이도록 유도하라는 말처럼 들렸다.

"나는 여름이가 꿈을 포기하지 않기를 바라."

"그건 성여름이 결정할 문제죠."

"사정이 있어서 포기한 거라면 내가 최대한 도와주겠다고도 전해주렴. 얘가 계속 나를 피하니 도무지 전할 틈이 나지 않네."

인사하고 뒤돌아서는 그 순간까지도 선생님은 부탁한다는 말을 반복했다. 나는 선생님이 정말로 성여름을 위해 이러는 거라고 기대하는 대신 반박할 구석을 찾았다.

성여름은 음악 선생님을 분명 피하고 있었다. 미안한 기색이 아니었다. 오히려 미안해 보이는 척은 선생님이 하고 있었다. 그때 연주실에서 두 사람이 마주한 장면을 제대로 보지 않았다면 선생님이 곱게 보였을지도 모른다.

단순히 미련이 남았다는 이유로는 설명되지 않는 부분

이 하나 있었다. 바이올린 전공을 지망했다면 수많은 연주곡을 익혔을 터였다. 그런데 왜 하필 같은 곡 하나만 연주하는 걸까. 단순히 손에 익어서일까. 잠든 채로 연주하려면 무의식에 새겨질 수준이어야 하니까.

더 이상 혼자서 고민할 생각은 없었다. 선생님 말처럼 성여름을 떠볼 생각은 더더욱 없었다. 이미 뻔뻔한 모습을 보인 거 그대로 밀고 나가기로 했다. 그게 내가 몇 번의 전화와 한참의 뜀박질로 성여름을 찾아낸 이유였다.

"그냥 평범하게 걸어오면 되는 걸 왜 뛰어오는데?"

"내가 좀 급해서."

"하나도 안 급해 보이는 말투로 그러니까 기분 나쁜데."

이거 반응 보는 게 은근히 즐겁네. 혜성이 이 맛에 나를 놀려 먹었나.

"급한 거 맞아, 방금 음악 선생님이 나한테 한 말을 너한테 얼른 전해야겠다 싶었거든."

"뭐?"

"나한테 너를 팔아서 동정을 사더라고. 네가 무슨 비련의 여주인공이라도 되는 것처럼."

"처음부터 설명해 줄래?"

"그 선생님은 네가 잠든 채로 연주실을 찾아오는 걸 알고 있었어. 잠겨 있는 연주실 문을 매번 열어 준 것도 그 선생님이고."

후자는 진작 알았으나 도무지 타이밍이 맞지 않아 말할 기회가 없었다. 충격을 주려면 같이 말하는 게 낫겠다 싶어 나는 듣고 본 것들을 왕창 쏟아 냈다.

"그리고 네가 바이올린을 다시 잡게 해 달라고 부탁하더라."

말을 끝맺는 동시에 정적이 흘렀다. 성여름은 시선을 내리고 작게 중얼거렸다.

"알고 있었어."

내가 연주실을 나도 모르게 온 거라는 걸 말이야, 성여름은 그렇게 덧붙이며 오른손으로 이마를 짚었다.

"그런데 그런 식으로 말했다 이거지."

그때의 선생님은 마치 성여름이 스스로 연습하러 찾아왔다고 생각한 것처럼 대꾸했다. 그러고는 성여름이 아직 꿈에 대한 미련을 버리지 못한 거라고 단정 지었다.

"짐작 가는 이유가 있어?"

"아니, 예전에 알던 사이기는 한데 그럴 만한 계기는 없어. 종종 칭찬해 주시던 분인데 내 실력이 객관적으로 엄청 뛰어난 편은 아니었거든."

성여름은 이마에서 손을 떼고 꽉 주먹을 쥐었다.

"아무래도 직접 담판을 지을까 봐."

"담판?"

"확실히 말씀드려야지. 나는 포기한 게 아니라 다른 길을 선택한 것뿐이라고. 그러니 내게 더 이상 그때의 꿈을 강요하지 말라고."

꿈을 외면하는 일을 선택이라 부르는 게 낯설었다. 꿈을 잊고 싶다며 찾아왔던 작년의 김해원이 문득 떠올랐다. 그때는 김해원이 꿈을 포기하지 않았으면 하고 바랐고, 실제로 그렇게 했다.

그때와 분명 비슷한 상황인데 이상하게 반박하고 싶다는 생각이 들지 않았다. 그 마음을 자각하고 나니 김해원과 성여름의 차이가 보였다. 성여름은 제게 꿈을 잊고 싶다며 찾아온 게 아니었다. 포기한 대가로 얻은 씁쓸한 괴로움도 전부 감내한 채 살아갔다. 그러고는 끝내 자신은 꿈이 아닌 다른 길을 선택했다고 당당히 말할 용기까지 있었다.

"자리 한번 마련해 줄래? 얘기를 들어 보니 거절하시지는 않을 것 같은데."

꿈을 버리고 선택할 정도로 소중한 게 뭘까. 성여름의 눈은 꿈을 좇는 이의 눈빛에 뒤지지 않았다.

"둘이서만 만나게?"

"응, 둘이서 하고 싶은 얘기도 있고."

"좀 위험할 것 같은데. 그 선생님, 내가 보기에는 정상이 아냐. 상식적으로 제자가 잠든 채 학교를 돌아다니는데 걱정하기는커녕 연습한다고 좋아한다는 건 말이 안 돼."

"그래도 한때 내 과외 선생님이었고, 나쁜 뜻은 없었잖아. 선을 넘지는 않으실 거야."

선은 이미 넘었어다는 말이 목 끝까지 차올랐다.

"그동안 선생님을 보면 옛날이 떠올라서 피하고 싶었지만…… 확실히 말해 두면 오히려 대하기 편해질 수도 있지."

"나도 같이 갈래."

"너도?"

"정 안 되면 근처에라도 있게 해 줘. 낌새가 이상하면 쳐들어가게."

성여름은 그 부탁까지 거절하지는 않았다. 혼자 있겠다고 말하지는 않았으니 혜성과 소원을 데려가도 별문제 없겠지. 세 명 정도면 무슨 일이 생겨도 어떻게든 해결할 수 있을 것이다.

"이세월, 근데 나 궁금한 게 있어."

"뭔데?"

"너는 내가 자는 동안 뭐 하는지 봤잖아. 그때 내가 정확히 뭘 하고 있었어?"

"너도 알지 않아? 연주실에서 연주하고 있었지."

"좀 더 정확히 말이야. 무슨 곡을 어떻게 연주하고 있었는지."

혜성이 그랬다. 성여름이 켜던 건 포레의 베르…… 아무튼 자장가라고.

"포레의 연주곡이었어. 제목은 잘 안 떠오르는데, 자장가라는 건 기억나."

이딴 허술한 설명으로도 성여름은 무슨 노래였는지 알아챈 모양이었다. 하긴 김해원 말을 들어 보면 성여름이 열심히 연습했다던 그 곡이 이 곡일 확률이 높았다.

"알고 있던 곡인가 보네."

"응, 어쩌다 보니. 네가 하도 그 곡만 연주해서 이제는 가만 있어도 환청처럼 들리더라."

"잠깐, 그 곡만 연주했다고?"

처음 들었을 때도 같은 곡만 연주하는 게 이상하다 싶기는 했다. 당사자도 그렇게 생각하는구나. 성여름은 주먹 쥔 손으로 아랫입술을 꾹 깨문 채 무언가를 골똘히 고민했다.

눈꺼풀이 움직이는 모습만으로도 성여름이 무언가 깨달았다는 걸 알 수 있었다. 곧바로 숨을 내쉬는 모양새가 이상할 정도로 후련해 보여서 한숨을 쉬어도 걱정이 되지 않았다. 한편으로는 본 지 얼마 되지 않은 이의 감정을 이렇게나 예민하게 읽을 수 있다는 사실이 문득 새로웠다.

성여름은 정말 속이 그대로 다 보이는 애였다. 그런 점은 소원과 닮았다. 소원만큼 친한 건 아니라 표정이 금방 읽히지 않지만 말이다.

"그건 내가 마지막 연주회에서 켰던 곡이야."

"의미가 깊겠네."

"나는 그 곡을 켜면서……. 아니다, 이건 음악 선생님께 먼저 말해야겠어. 그때 내가 했던 생각은 지금까지도 변한 게 없으니까."

\* \* \*

내가 자리를 마련한 건 그다음 주 주말이었다. 문제가 생기면 금방이라도 끼어들 수 있도록 약속 장소는 일부러 4층 복도 한가운데의 휴게 공간으로 정했다. 주변 교실에 숨어서도 충분히 지켜볼 수 있는 곳이었다. 처음에는 김해원도 데려올까 싶었으나 소원과 혜성 둘 다 거기에는 반대했다.

다행히도 지금은 혜성을 봐도 창피하거나 하지는 않았다. 마지막 말이 너무 어이가 없어서 오히려 침착해진 걸까. 그래도 예전처럼 너무 가까이 붙거나 하면 긴장감이 드는 건 여전했다. 그 탓에 나는 소원과 좀 더 가까운 곳에 재빨리 자리를 잡았다.

성여름은 소파에 앉은 채 음악 선생님을 기다리고 있었다. 긴장했는지 어깨부터 손끝까지 잔뜩 굳어 있었다. 소원은 불안한 기색을 숨기지 못한 채 창문 너머만 빤히 바라보다가 이윽고 조용히 내게 말을 걸어왔다.

"세월아."

"응?"

"둘이 만나게 하는 거, 잘한 걸까?"

"여름이가 원한 걸 우리가 막을 권리는 없잖아."

음악 선생님이 오지도 않았는데, 소원은 금방이라도 뛰쳐나가려는 듯 문 쪽에서 도무지 벗어나지를 못했다. 그에 반해 혜성은 바깥과 연결된 쪽의 창틀에 기대 있었다.

"임혜성, 너도 세월이한테 얘기 좀 해 봐. 너도 솔직히 내키진 않잖아."

"그렇긴 하지만 여긴 학교 한가운데고, 우리도 지켜보고 있잖아. 선생님이 성여름을 평범하게 대하지 않고 있기는 하지만, 물리적으로 위해를 가할 낌새도 없어 보이던데."

그 말이 끝나기 무섭게 또각거리는 소리가 교실 안으로 흘러들어 왔다. 나는 숨을 죽인 채 창문 너머로 둘을 지켜보았다. 주말이라 아무도 없는 복도에는 속삭이는 대화가 꽤 선명히 들려왔다.

\* \* \*

"안녕하세요, 다솜 쌤. 앞으로 잘 부탁드려요."

아이다우면서도 어른스럽던 여름의 첫마디가 아직도 선명하게 기억난다. 여름은 놀라울 정도로 재능이 넘쳤다. 연습이라면 금방 싫증 내는 아이들과 달리 굳은살이 생길 정도로 연주하는 걸 좋아했다. 이런 애라면 가르칠 맛 난다고 가볍게 생각했던 마음은 어느새 눈덩이처럼 커져 이 아이 말고는 그 누구의 과외도 받지 않게 되었다.

정말 열심히 하는구나. 어려운 부분인데 잘 연습해 왔네. 나름 상투적이지만 정직하던 칭찬에 나도 모르는 감정이 담기기 시작한 건 언제부터였을까. 너는 내가 본 학생

중에 최고야. 지금처럼만 하면 충분히 유명한 바이올리니스트가 될 수 있어. 그 말에 여름은 웃었다. 내가 그 웃음을 보고 느꼈던 감정은 뭐였더라. 확실한 건 내게 보이는 여름의 미래가 단 하나뿐이라는 것이다.

"너만큼 빛나는 애를 찾기는 힘들 거야."

이 애의 꿈이 나의 것과 같으리라 믿어 의심치 않았다. 실력도 재능도 모두 갖춘 사람의 어린 시절을 함께하는 건 영웅이 주인공인 대서사시의 도입부를 읽는 기분이었다. 어느 순간 웃음이 점점 사라진 것도, 앓는 소리를 내는 것도 나비가 되기 위한 역경을 겪는 중이라고만 생각했다. 힘든 만큼 연주도 더욱 정교해졌다. 모든 게 이상적으로 흘러가고 있다 여겼다.

여름의 연주에서 흔들림이 느껴지기 전까지는 그랬다.

"네 실력이라면 그렇게 어려운 곡은 아닌데."

처음 해 보는 말이었다. 여름은 늘 예상을 뛰어넘는 결과를 가지고 왔고, 설령 그러지 못하더라도 기대를 저버린 적은 없었다. 얼마나 연습했냐는 책망을 하고 나서야 내가 여름에게 이런 말을 한 게 처음이라는 사실을 깨달았다.

"사실은 이번 주 내내 거의 연습을 못 했어요."

그제야 여름이 올해 중학생이 되었다는 사실이 떠올랐

다. 중학교에 올라와 치른 첫 기말고사가 너무 힘들어 며칠 정도는 푹 쉬고 싶었겠지. 그렇게 생각하면 못 넘길 것도 없었다. 비범하기는 해도 아직 애니까. 그런데도 그 사실을 인정하기 싫었다. 여름은 비상식적으로 특별했다. 그래야만 했다. 그래야 내가 이 애를 볼 때의 기분이 설명되었다. 동경이 아니면 닮고 싶은 마음을 어떻게 표현할까.

제대로 생각을 정리하기 전, 나는 아이의 부모에게서 과외를 그만 받고 싶다는 연락을 받았다. 건강이 안 좋아졌다는 이유였다. 걱정된다고, 도울 수 있는 게 있으면 돕겠다고 애원한 뒤에야 여름이 몽유병 증세가 있다는 이야기를 들었다.

아직 너는 역경을 지나고 있구나. 이게 전부 끝나면 다시 나타나겠지. 여름이 변동 없이 연주회에 참석한다는 소식을 들었을 때 그 생각에 확신을 가졌다. 한 달 동안 쉬었으니 이전만 한 솜씨는 아닐 거라 예상은 했다. 그러나 내가 마주한 건 여러모로 예상치 못한 방향으로 변한 여름의 연주였다. 악보 표시 하나 놓치지 않던 정교함은 한 달이라는 휴식 시간이 무색하게 많이 무뎌 있었다. 그런데도 여름은 행복해 보였다. 활과 현이 서로 호흡을 맞춰 널뛰고 있는 것만 같았다. 그동안의 흔들림은 저 연주를 위한 거였나 싶었다. 연주하는 동안에는 모든 게 제대로 굴러가리라 믿어 의심치 않았다.

그 애는 연주를 끝낼 때마다 매번 나를 바라보았다. 잘했느냐고 묻듯 인정을 바라는 모습을 보면 이 연주가 나를 위한 것임을 자신할 수 있었다. 관객석 한가운데 있어도 여름의 시선은 나를 찾아내 눈을 마주치고는 했다. 그 빛나는 눈빛을 기대했는데, 여름은 이곳을 쳐다보지 않았다. 애초에 관객석 쪽으로 눈을 돌리지조차 않았다. 바이올린을 어깨에서 내려놓고 무대 뒤로 다시 들어가는 그 순간까지도.

연락이 오기를 이 년 넘게 기다렸다. 그새 나는 임용에 붙어 고향과 가까운 학교를 배정받았다. 수업 하나 없던 1학기가 지나고 나서야 처음으로 학생들 얼굴을 제대로 보았다. 그중에는 익숙한 얼굴도 있었다. 그 순간 하마터면 이름을 부를 뻔했다. 나를 본 여름의 안색이 새파래지지 않았다면 정말로 그랬을 것이다.

왜 나를 피하는 건지 물을 틈도 없었다. 예술특성화고등학교를 갈 줄 알았던 애가 왜 이 학교를 들어왔을까. 공부를 그렇게 잘했나. 나는 여름이 연주하지 않을 때는 어땠는지 잘 알지 못했다.

수업에서 마주할 때마다 신경이 쓰여 시선을 돌리기 힘

들었다. 매번 나를 피하는 바람에 묻고 싶은 건 하나도 묻지 못했다. 그리고 대답은 전혀 예상치 못한 방식으로 돌아왔다.

혹여나 여름을 마주칠 수 있을까 싶어 나는 주말마다 본가로 내려가는 대신 학교에 머물렀다. 토요일 밤의 본관은 고요하다 못해 무섭기까지 했다. 슬리퍼가 내는 터벅거리는 소리조차 예민하게 느껴질 정도였다. 한밤중에 연주실 복도를 지날 사람은 없었다. 그렇게 생각하며 문을 연 내 앞에는 연주실 문에 이마를 기댄 여름이 있었다. 가까이 다가가도 기척을 느끼지 못하는지 이쪽을 바라보지도 나를 피하지도 않았다. 자세히 보니 여름은 눈을 감고 있었다. 여름의 부모님에게 들었던 이야기가 그때 머리를 스쳤다. 나는 얼른 교무실로 돌아가 연주실 열쇠를 가져와서는 여름이 깨지 않도록 최대한 천천히 잠금장치를 풀었다. 여름은 문이 열리자마자 앞으로 걸어 나가더니 연습용 바이올린이 놓인 곳으로 향했다. 악기를 꺼내는 모양새도, 어깨에 얹는 폼도 너무나 익숙했다. 눈꺼풀은 여전히 감겨 있는데 활은 당연하다는 듯 제자리를 찾아가 현을 그었다. 그 활이 노래한 건 몇 년 동안 내 귀를 맴돌며 나를 괴롭혔던 곡이었다.

마지막 발표회의 앙코르 곡. 누구를 향하지도 않던 시선. 그날 후로 영영 사라진 여름. 그 모든 게 거꾸로 되감아졌다. 앙코르가 계속 반복되었다. 마치 그때를 끝내기에는 미련이 남기라도 한다는 듯이.

너는 아직 무대에 있구나. 아무것도 끝나지 않았어. 너도 꿈을 놓지 못하고 있잖아. 나는 얼른 휴대폰을 켜 녹음 버튼을 눌렀다. 어떻게든 여름을 원래 자리에 돌려놓기 위한 선택이었다. 여름과 같은 조인 해원에게도 혹시 연습곡을 녹음해 줄 수 없느냐고 부탁했다. 잠결보다야 제정신일 때가 연주 실력은 좋을 테니 말이다.

지금이라도 예술특성화고등학교를 들어갈 수 있다는 걸 알게 된다면 생각을 바꿀지도 모른다. 나는 기대감을 품은 채 예술특성화고등학교에 근무하는 대학 동기에게 녹음본을 보냈다. 며칠 지나지 않아 전화가 걸려 왔다. 심호흡을 몇 번이나 거친 뒤에 받은 전화는 내 기대와 달랐다.

"들어봤는데, 그렇게 특별하진 않던데?"

"뭐?"

"몇 년 쉬었다는 걸 감안해도 마찬가지야. 오래 쉰 것치고는 기교도 좋고 표현력도 나쁘지 않은데 평소 네가 말하던 걸 생각하면 좀 그래. 막 세기의 천재인 것처럼 말하길래 기대했는데, 이런 애는 찾으려면 얼마든지 찾을 수 있는 수준이잖아."

그 말에 뭐라 대답했는지는 기억이 나지 않는다. 얼른 전화를 끊어 버리고 싶다는 생각에 머리가 터질 것 같았다.

"제대로 각 잡고 녹음한 게 아니어서 그래. 여름이가 할 마음이 생기면 정말 제대로 된 연주를 보여 줄 거야."

네가 그런 소리를 들을 만한 애일 리가 없어. 네가 꿈을 완전히 잊을 리가 없어. 왜냐면, 그게 정말 사실이라면⋯⋯ 넌 내가 동경할 만한 사람이 아니었다는 거니까.

생각이 계속 원치 않는 방향으로 흘렀다. 동경이 아니라면 애한테 열등감이라도 느꼈다는 건가. 열등감을 느낄 생각조차 들지 않을 정도로 특별한 애라면 이런 마음을 가지는 것도 자연스럽다고 여겼다. 하지만 애초에 전제부터 틀렸다면 어디서부터 다시 시작해야 할까.

그러던 중 만나서 이야기하고 싶다는 여름의 요청이 들어왔다. 혹시 연주 연습을 하면서 꿈을 되찾은 걸까.

다시금 희망이 생긴다. 그래, 실력은 오래 쉬면 녹슬 수도 있지. 내 친구가 녹 너머 보석을 볼 정도의 실력이 되지 못할 뿐이야. 꿈을 되찾은 너는 다시 빛날 거다. 그러고 싶어서 내게 뭐라도 부탁하러 온 거야.

그럴 거야. 그래야만 해.

*  *  *

선생님의 얼굴 위로 미소가 만면했다. 희미하게 들려오는 목소리가 들뜬 기색을 감출 수 없는지 날뛰었다.

"네가 날 먼저 찾아 줄 줄은 몰랐는데."

그와 대조되게 성여름은 선생님을 보자마자 얼른 용건을 끝내고 떠나려는 듯 자리에서 일어났다.

"제대로 말한 적 없는 것 같아서요."

"뭐를?"

"제가 과외를 그만둔 건 이제 바이올린을 켜고 싶지 않기 때문이에요."

선생님은 그 말에 묵묵히 성여름을 쳐다보았다.

"언젠가 취미로 삼을 수는 있겠죠. 하지만 적어도 입시를 준비하고 싶지는 않아요."

"네가 해 온 노력이 아깝지 않아?"

"네."

"너한텐 그게 그렇게나 의미 없는 시간이었니?"

"아뇨, 의미 있었죠. 하지만 그게 제게 있어 유일한 건 아니니까요."

 멀리서도 보일 정도로 음악 선생님의 미간이 홱 찌푸려졌다. 선생님은 성여름이 앉았던 소파에 털썩 주저앉으며 말했다.

 "바이올리니스트가 네 꿈이라고 했잖아."
 "어릴 때는 그랬죠."
 "그 꿈이 이제는 아무런 의미도 없다는 거야?"
 "반드시 꿈을 이룰 필요는 없잖아요."

 그 말에 저절로 귀가 쫑긋했다. 꿈을 위해 노력하는 이를 보면 마음 깊이 응원하거나 포기하지 말라며 부추겼지 꿈을 이룰 필요는 생각한 적은 없다. 그런데 이상하게도 나는 성여름의 말이 나쁘게 들리지는 않았다.

 "미련이 남았잖아. 그래서 그렇게 밤에 연주실 찾아와서 연주까지 하고 간 거 아니니?"
 "아시잖아요, 제가 연구실을 매번 잠든 채로 찾아왔다는 걸."
 "네가 고민하고 있다는 증거 아닐까? 다시 꿈을 좇을지……."
 "아뇨, 저도 처음에는 그런 줄 알았는데 아니더라고요."

 성여름은 손끝을 매만지며 잠깐 빨라졌던 말하는 속도

를 차츰 가다듬었다.

"쌤, 제가 포레의 〈베르쇠즈〉를 언제 연주했는지 기억하세요?"

"네 마지막 연주회 때 곡이잖아. 앙코르용으로 미리 연습한……."

"그건 제가 바이올린을 향해 건네는 작별 인사였어요."

선생님은 그 말에 번쩍 소파에서 일어나 그대로 굳었다. 동요하는 모습을 숨길 생각도 못 하는 것 같았다.

"지금도 그때와 같아요."

"넌 그때가…… 그렇게 싫었던 거니?"

"행복했어요. 봄이라고 생각할 정도로. 그것마저 부정할 생각은 없어요."

성여름은 그제야 여태껏 말하지 못한 이야기를 꺼내놓았다.

\* \* \*

손끝에서 흐르는 음이 내 세상의 전부인 적이 있었다. 음을 완벽히 통제하는가 싶다가도 정신을 차려 보면 내가 낸 음에 내가 휩쓸려 휘둘릴 때도 있었다. 그 감각이 싫으면서도 잊히지 않아 연습하고 또 연습했다.

그 당시 바이올린 과외 선생님이었던 다솜 쌤은 정교사가 되기 전으로, 나를 만날 때마다 칭찬을 퍼부었다. 보통은 내 연주에 대한 거였지만, 종종 사담을 나눌 때는 연주를 대하는 내 자세를 무척 높게 평가했다.

학교가 끝나면 바이올린 수업을 위해 학원으로 가거나 집으로 돌아와 과외를 받는 게 일상의 전부였다. 그때의 나는 지금보다 훨씬 어렸음에도 그 일상을 받아들였고, 그걸 이상하게 느끼지 못했다. 친구를 사귀어 봤자 연습할 시간만 줄어들 뿐이라고 여겼다. 그게 다솜 쌤의 가르침이었다.

"내가 본 애 중에 너만큼 빛나는 애는 없었어."

어린 나는 그 말을 철석같이 믿었다. 교실에 들어서면 세상이 전부 잿빛으로 보였다. 연주 말고는 그 무엇도 애정을 가질 수 없는 내게 다솜 쌤은 유일한 친구이자 길잡이였다.

중학교에 올라와서도 크게 바뀌는 건 없었다. 다솜 쌤이 임용고시를 준비하게 되면서 2학년부터는 자주 보지 못할 거라고 했다. 대신 1학년 동안만이라도 정말 열심히 가르치겠노라 약속했다.

그해 여름방학은 여느 때보다 바쁜 시기가 될 듯했다. 그러나 나는 그때 전혀 예상치 못한 방식으로 잊지 못할 방학을 보냈다.

첫 기말고사가 끝나고 방학이 시작하기 전까지 몇 주는 어수선하기 그지없었다. 그날도 나는 이른 저녁 특유의 온화한 햇살을 맞으며 하굣길에 올랐다. 종례가 늦게 끝난 탓에 하교 중인 학생은 거의 보이지 않았다. 깔깔대는 소리가 잔잔히 들려왔다. 평소에는 시선도 주지 않던 그곳을 그날따라 왜 돌아봤는지 모르겠다. 운동장 옆 수돗가에는 체육복을 입은 채 서로 물을 튀기는 무리가 있었다. 무리 중 가장 키가 큰 여자애는 어디서 들고 왔는지 호스까지 끌고 와서 이곳저곳 물줄기를 뿌려 댔다.

최대한 빨리 지나가야겠다고 생각한 그때였다. 다른 쪽을 향하던 물줄기가 내 쪽으로 틀어졌다.

그렇게 갑작스레 물을 맞게 될 줄은 나도 저쪽도 꿈에도 생각지 못한 모양이다. 완전히 푹 젖지는 않았으나 분무기로 물을 맞은 것처럼 머리카락과 교복 곳곳에 물기가 스몄다. 호스를 들고 있던 애가 내 쪽으로 달려왔다. 귀밑까지 오는 새까만 단발은 푹 젖어 있었는데 이리저리 흔들렸다.

"괜찮아?"

정말 이상했다. 내게 물을 뿌린 그 애가 얄밉지 않았다. 물기를 머금은 머리카락이 피부에 닿는 느낌도 불쾌하기는커녕 시원하게만 느껴졌다.

"어떡해, 다 젖었네. 미안, 순간 호스를 놓쳤어."

나도 모르게 웃음이 터졌다. 처음으로 일탈해 본 사람처럼 얼굴에 있는 근육을 다 써 가며 웃었다.

"너 괜찮아?"

흩뿌려진 물방울 덕에 잿빛 수돗가 위로 작은 무지개가 드리웠다.

"응, 괜찮아."

또래의 얼굴을 이렇게 찬찬히 살핀 게 얼마 만인가 싶었다. 제멋대로 뻗친 젖은 머리칼이 햇살을 받아 빛났다. 나만큼 빛나는 사람은 없다고 믿어 온 시간이 거짓말처럼 느껴졌다.

"정말 괜찮아."

나는 햇살을 받으며 무심코 하늘을 올려다보았다. 여름 하늘은 온통 파랗게 빛났다. 그 애와 함께 있던 애들 전부 우리 반이라는 건 그날 처음 알았다.

그때부터는 교실이 잿빛으로 보이는 일은 없었다. 그 애들이 떠들면서 서로를 향해 웃는 소리는 어떤 연주보다도 내 마음을 간지럽혔다. 어느 순간부터 애들 사이에 자연스레 있는 날이 많아졌다. 그즈음에는 교실 곳곳에 빛이 어린 것처럼 온 사방이 환하게 보였다. 그제야 눈에 들어오지 않던 것이 들어왔다.

미대를 지망한다며 벌써 온갖 미술대회에 출전하는 애, 검사가 되는 게 꿈이라 쉬는 시간에도 공부하는 애, 하나하나 알아 갈 때마다 각자의 빛이 보였다. 하나같이 전부 사랑스러웠다. 그중 가장 밝게 빛나던, 내 일상을 물줄기 한 번으로 흔들어 놓았던 애도 분명 자신을 빛나게 만들 만한 꿈이 있을 거라고 생각했다. 그러나 그 애는 예상 밖의 대답을 꺼냈다.

"장래 희망? 아직 못 정했는데."

"되고 싶은 게 없어?"

"아니, 너무 많아서 못 정했어. 좋아하는 게 이렇게 많은데 어떻게 하나만 정해?"

좋아하는 게 너무 많다니. 보통 그런 건 운명처럼 정해지는 게 아니던가. 내가 어느 순간 자연스레 바이올린을 잡고 있던 것처럼.

그때 문득 최근에 내가 개인 연습을 거의 하지 않았다는 사실을 깨달았다. 학원을 빼먹는 일도 점점 늘어났다. 친구들과 놀러 다니다 보면 과외 시간 말고는 바이올린을 잡을 일이 없었다. 연주만큼이나 즐거운 것이 이것저것 생기니 그걸 감당하는 방법을 몰랐다.

방학식 일주일 전, 그 애는 내게 뜬금없이 한 가지 권유해 왔다.

"나랑 영화부 들어갈래? 방학 때만 활동하는 동아리인데, 여름방학 때 종종 모여서 촬영도 하고 영상 편집도 배운다더라. 근처 영화과 대학생분들도 와서 도와주신대."

나는 학교 공부와 바이올린 연주 외에는 새로운 걸 시도해 본 적이 없었다.

"나 배우 지원해 보려고. 넌 생각 없어? 같이하면 재밌을 것 같은데."

그 애가 건넨 홍보용 포스터를 자세히 살펴보았다. 읽어 보니 배우 말고도 꽤 많은 역할을 지원받고 있었다. 조감독, 음향팀, 조명이나 영상 편집 담당……. 그중 내 시선을 뺏은 건 무대미술 쪽이었다.

"이거 재밌겠네."

"무대미술? 의외네. 너라면 음향팀 지원할 줄 알았는데."

나도 내가 연주 말고는 관심 없다고 생각했다. 그길로 나는 곧장 지원서를 넣었다. 지원서에는 자신이 얼마나 이 역할을 하고 싶은지 적어 넣는 공란이 있었다. 뭐라고 써야 할지 감이 오지 않아 한 시간을 끙끙댄 뒤에야 반을 채웠다.

지원서를 내고 결과가 나오기를 기다리는 일주일 동안 다른 일에는 집중할 수 없었다. 틈만 나면 혹시 연락이 오지는 않았을까 휴대폰을 확인했다. 그건 과외 시간에도 마찬가지였다.

"여름이 너, 요새 어디에 정신이 팔린 거야? 개인 연습도 요즘 잘 안 하지?"

"죄송해요, 요즘 좀 피곤해서……."

"안 되겠다. 앞으로 과외 시간 동안은 휴대폰 확인 금지. 나한테 맡기고 연습해, 알았어?"

지금 생각하면 분명 부당한 처사였다. 그러나 무의식적으로 쌓인 죄책감은 그 제안을 받아들이게 했다.

합격 통지는 끝내 오지 않았다. 그 애는 합격 소식을 알리며 한동안 얼굴 보기 어려울 거라고 했다. 그날 나는 꿈을 꿨다. 내 두 손에는 여느 때처럼 바이올린과 활이 들려 있었고 연주할 생각을 하기도 전에 나도 모르게 자세를 잡고 있었다. 눈앞에 있는 건 다솜 쌤도, 심사단이나 관객도 아닌 거대한 연못이었다. 초목으로 둘러싸인 수면이 새파랗게 빛났다. 그 한가운데에 깔깔대며 서로에게 물을 뿌리는 사람들이 있었다.

그 사람들한테 가기 위해 연못 속에 발을 담갔다. 나뭇잎이 계속 날아오는 바람에 시야가 가려지고 트이기를 반복했다. 물속으로 걸어가는 와중에도 나는 바이올린을 어깨에서 떼어 낼 수 없었다. 연못 속 돌멩이에 걸려 넘어질 뻔해도, 종아리를 넘어 허리까지 물이 차올라도 마찬가지였다. 첨벙거리며 걸어 나가는 바람에 튀어 오른 물방울이 바이올린 곳곳에 스며들었다. 그 바람에 악기에서 흘러나오는 음색이 점점 뒤틀렸다. 듣기 싫은 소리가 귀를 쏘아 대는데도 활을 놓을 수가 없었다. 내가 걸음을 멈춘 건 수면이 어깨까지 차올랐을 때였다. 악기를 버릴 수도, 더 나아갈 수도 없었다. 오랜 멈춤 끝에 발을 내디딘 순간 꿈에서 깨어났다.

어느 쪽으로 발을 디뎠는지 기억나지 않았다. 그래도 한 가지만큼은 깨달을 수 있었다. 나는 영화부에 너무나도 들어가고 싶었다. 그 애와 같이 있고 싶다거나 무대미술가로 꿈을 바꾼 것도 아니었다. 그냥 내가 좋아하는 또 다른 일을 찾은 것뿐이다.

좋아하는 것 중 어떻게 하나만 고르겠느냐는 그 애의 말이 떠올랐다. 연주회는 9월 초였고, 내게는 한 달이 조금 넘는 시간이 남아 있었다. 그런데도 나는 부모님께 과외도 학원도 한 달만 쉬겠다고 선언했다.

"여름아, 잘 생각해 봐. 너 예고 가고 싶다며. 한 달이 별 거 아닌 시간처럼 보일 수 있지만 그만큼 쉬면 실력을 회복하기 힘들 거야."

"그래, 다솜 선생님이 그러더라. 너 정도면 꾸준히 연습하면 어디든 가고 남는다고."

연주가 싫은 게 아니고 꿈을 완전히 버린 것도 아니었다. 물론 이런 선택을 해 버리고 꿈을 되찾으려면 훨씬 먼 길을 돌아가야 한다는 것도 알고 있었다. 그래도 나는 선택을 바꾸지 않았다. 사실 지금껏 눈에 잘 보이는 길만 걸어왔다. 이루고 싶은 미래와 명확한 할 일, 충분히 행복한 시간이었다.

"바이올린을 좋아하게 된 건 그게 제가 처음으로 배운 거라서 그런 걸지도 몰라요."

다만 내가 알지 못하는 행복이 무엇인지 찾고 싶다는 욕심이 생겼다. 내가 바이올린뿐만 아니라 뭐든 사랑할 수 있는 사람임을 확인하고 싶었다. 아니, 어쩌면 모든 걸 사랑하게 될지도 모른다. 내 일상을 둘러싼 모든 걸.

"혹시 모르잖아요, 제가 놓치고 있던 선택지가 있었을지."

연주회까지 남은 한 달, 나는 매일같이 새로운 곳을 돌아다녔다. 지하철까지 타고 가서 연극을 보러 가기도 하고, 동네 서점 구석에서 재밌어 보이는 책을 골라 온종일 독서에 빠지기도 했다. 가까운 하천을 따라 정처 없이 걸어도 보고, 원데이 클래스에서 빵 만드는 걸 배워 보기도 했다. 진심으로 좋아하는지 알기에는 짧은 시간이었으나 그래도 한 가지는 확실히 깨알았다. 바이올린이 없는 일상에서도 행복해질 수 있다는 걸. 그리고 지금의 내게 바이올리니스트라는 꿈은 지나치리만큼 무겁게 느껴진다는 것도.

방학이 절반쯤 지났을 즈음이었다. 푹 잔 것 같은데 아침이 되면 온몸이 뻐근한 날이 더러 있었다. 기분 탓이겠거니 싶었다. 그런데 새벽에 바이올린 소리가 들린다며 층간 소음으로 신고가 들어왔다. 부모님은 그걸 듣자마자 나를 붙잡고 속상하다는 듯 애가 타는 목소리로 훈계했다.

"꿈결에 잘못 들었다고 생각했는데, 설마 요즘 들어 계속 새벽마다 연주한 거니? 한창 연습할 때도 그러지는 않았잖아."

그런 적 없다고 몇 번을 말해도 추궁이 멈추지 않았다. 그래서 조금 더 있는 그대로에 가까운 대답을 꺼냈다.

"기억이 나지 않아요."

핀잔이 걱정으로 바뀌는 건 순식간이었다. 병원에서 어떤 이야기를 들었는지, 그 뒤에 무슨 일이 일어났는지는 잘 기억나지 않았다. 굳이 떠올리고 싶지도 않았다. 스트레스로 인한 몽유병이라는 의사의 진단은 부모님이 내 일탈을 응원하게 만들었다. 한 달 정도만 보지 않을 줄 알았던 다솜 쌤도 제대로 된 작별 인사 없이 연락이 끊겼다. 한때 믿고 따랐던 사람이 순식간에 사라졌는데도 이상하게도 슬프지가 않았다.

아무리 바이올린을 그만둔다 해도 예정되어 있던 연주회를 취소할 수는 없었다. 무대에 선 순간, 예전에 다솜 쌤에게 초대장을 줬던 게 생각났다. 만약 그 초대를 기억한다면 지금 이 모습을 선생님도 보고 있을까.

오랜만의 연주는 즐거웠으나 딱 그 정도였다. 다시 이 일에만 매달리고 싶다는 생각은 들지 않았다. 기교 하나하나를 신경 써야 했던 예전과는 전혀 달랐다. 이런 연주도 있구나. 연주하는 내내 악보만을 떠올리던 이전과 달리 이제는 내가 경험한 여름의 순간이 마구 피어 올랐다. 햇볕에 빛나는 물방울, 딱 좋을 정도로 시끌시끌한 교실, 그림자가 진 책방 구석과 햇살로 가득 찼던 산책로.

선생님을 찾기는커녕 관객 한 명 볼 정신도 없었다. 지금껏 관객을 위한 연주만 해 왔기에 바이올린을 켜면서 혼자라는 느낌을 받은 적은 한 번도 없었다. 그러나 그날은 무대 한가운데 있음에도 불구하고 홀로 남은 느낌이었다. 그러니 그날의 연주는 오롯이 내게 전하는 마음이었다.

시간이 흐르려면 영원히 낮에 멈춰 있어서는 안 된다. 몇 년 동안 느꼈던 연주의 즐거움을 온전히 외면할 생각은 없었다. 아예 없던 것으로 할 수 없다면 적어도 작별 인사는 하는 게 예의겠지. 새로운 하루를 시작하기 위한, 지나간 낮을 향한 인사. 자장가는 아름다운 나날의 앙코르를 장식했다.

그 연주회를 끝으로 중학교 내내 내가 잠든 채 돌아다니는 일은 없었다. 다만 찜찜한 구석은 여전히 남아 있었다. 나는 왜 잠들면서까지 바이올린을 켰을까. 그 정도로 강한 미련이었다면 어떻게 그리 빨리 포기할 수 있었을까. 그건 내가 사람에게는 관성이라는 게 있고, 그걸 벗어나기 위해서는 많은 노력이 필요하다는 걸 깨닫기 전이었다.

다솜 쌤을 이 학교에서 만났을 때, 몇 년 전 완전히 사라진 줄 알았던 증상이 다시 나타났다. 이제 바이올린을 떠올려도 마음이 두근거리지 않았다. 나도 모르는 그리움이 남은 걸까 싶었다. 차라리 어느 한쪽으로 기울면 마음이 편할 텐데. 그래서 계속 고민했다. 내가 어디로 가고 싶은지.

그걸 알려 준 건 축제 때 참여한 방 탈출이었다. 나는 친구의 권유로 재밌다는 소문이 들려오는 방 탈출 게임에 참여했다. 정원에서 죽은 여인과 그 정원을 없애려는 남자 그리고 그 정원을 지키려는 정원사. 왜 정원사는 주인을 앗아간 정원을 원망하지 않았을까. 마지막 당부 때문이었을까.

친구들이 열쇠를 찾는 데 혈안이 된 사이, 나는 단서만 찾고 구석에 던져 놓은 크레이븐 씨의 일기를 집어 들었다. 누가 쓴 문장인지 몰라도 참 예쁘다고 생각했다. 그래서 계속 읽다가 일기의 마지막 페이지에서 이 방 탈출의 의미를 알아챘다.

아치에게.

내 몸 상태는 내가 잘 알아요. 몸을 너무 심하게 다쳤어요. 아마 다시는 당신과 같이 정원에 가지 못하겠죠.

아치. 당신은 내가 처음 이 정원에 온 날을 기억하나요? 그때 당신은 사랑에 빠진 얼굴로 저를 보며 제가 저택에 짐을 풀기도 전에 정원에 저를 데리고 갔어요. 그 사랑은 저만을 위한 건 아니었어요. 정원의 꽃을 하나하나 살피는 눈이 얼마나 사랑스러웠는지 당신은 알까요?

당신에게 내가 어떤 의미인지 알아요. 저를 쳐다보는 당신의 눈빛을 보면 그걸 모를 수가 없거든요. 하지만 당신은 스스로가 얼마나 정원을 사랑하는지 잊은 것 같아요.

저는 당신의 유일한 의미가 아니에요. 제가 떠난 당신이 변함없이 행복할 수 있으리라고는 생각하지 않아요. 하지만 당신은 정원의 장미 덤불을 좋아했잖아요. 나무의 그늘이 어느 비싼 의자보다도 편안하다면서요.

제가 없는 당신에게도 행복한 순간은 찾아올 거예요. 그러니 정원을 없애려 들지는 말아요. 뭘 해야 할지 모르겠다면 제게 자장가를 불러 주실 수 있나요? 봄날의 끝자락에 어울리는 곡이면 더 좋을 것 같아요. 정원에서 낮잠을 잘 때마다 그랬던 것처럼요. 그럼 저는 그걸 들으며 당신에게 작별을 고할게요.

그러고 나면 계속 살아가세요. 당신 주변의 사랑스러운 모든 것과 함께요. 여름에는 모든 것이 빛나잖아요. 햇빛을 받으면 잎사귀 하나도 어떤 보석보다도 찬란하고 투명하게 빛을 내니까요. 당신은 그 속에서 분명 다시 행복해질 거예요.

이 이야기를 쓴 게 너였구나. 내가 이 자장가를 어떤 마음으로 연주했는지 너는 알아챘구나. 김해원에게 마음을 이해받은 순간 깨달았다. 나는 지금을 충분히 즐기고 있다는 걸. 꿈을 좇던 과거의 나로 돌아갈 만큼의 미련은 남지 않았다는 걸 말이다.

이세월이 내가 〈베르쇠즈〉를 반복했다는 걸 말해 줬을 때, 내 잠결의 연주가 무엇을 위한 것인지를 정확히 알아챘다. 예전에도 이번에도 그건 어디까지나 작별 인사였다. 내 무의식은 제대로 작별을 전하지 못한 선생님을 보고 아직 제대로 된 인사가 필요하다고 생각한 모양이었다. 언젠간 다시 바이올린을 켜고 싶어질지도 모르지만 지금은 하고 픈 것이 너무나도 많았다.

## 15. 회고

"그러니 예전처럼 연주가가 될 생각은 없어요. 당분간은, 아마 앞으로도."

몇 분 되지 않는 짧은 대화가 혜성에게는 거의 하루처럼 느껴졌다. 압도될 정도로 선명한 회상이었다. 동시에 모든 것의 답이기도 했다. 김해원과 소원의 대화를 엿보았을 때처럼 이야기에 압도되는 것만 같았다.

"엄청 불길한데."

작별을 고하는 마음은 잘 알겠으나 작별은 홀로 고한다고 가능한 게 아니지 않은가. 혜성은 침착하게 음악 선생님의 다음 행동을 기다렸다. 붉으락푸르락하는 선생님의 얼굴을 보자 자연스레 혜성의 몸은 뛰쳐나갈 준비를 했다. 그 순간 선생님이 손이 위쪽으로 향했다. 그게 때리려는 건지 붙잡으려는 건지 알기도 전에 혜성은 문을 열었다. 정신을 차렸을 때는 선생님과 성여름 사이에 혜성이 끼어 있었다. 오른손은 피가 통하지 않을 만큼 선생님이 들었던 손목을 꽉 붙잡고 있었다.

"너, 뭐 하는……."

뒤이어 교실에서 뛰쳐나온 소원은 잔뜩 화를 내며 셋이 있는 쪽으로 달려갔다.

"미친 거 아냐? 어떻게 선생이 학생한테 손을 들어?"

"너희 거기서 뭐 하는 거니?"

"이럴까 봐 지켜봤죠! 대체 뭘 하려던 거예요?"

"아니, 난 그저 대화를……."

"무슨 대화를 팔까지 치켜들면서 해요!"

소원은 혜성에게 손목을 놓으라는 말은 일절 하지 않았다. 물론 혜성도 놓을 생각이 없어 보였다. 혜성의 눈동자가 타는 것같이 뜨거웠다. 선생님의 회상이 혜성의 머릿속을 채웠다.

"당신은 성여름을 보내 줄 생각이 없는 모양이네."

"뭐?"

"자기 앞길은 스스로 결정하는 거지, 당신이 상관할 바가 아니야."

혜성의 홍채가 서서히 붉게 빛났다. 혜성은 자신이 왜 이런 행동을 하는 건지 생각해 봤다. 학생 사이의 일이면 몰라도, 선생님을 이대로 내버려두면 성여름은 계속 곤란한 일을 겪게 될 터였다. 그러면 세월은 그걸 돕겠다고 또 휘말리겠지. 거기까지 생각이 닿았을 때는 이미 선생님의 기억을 꾸역꾸역 삼켜 내고 있었다.

상대의 기억을 엿볼 수 있게 된 이후로는 한 번도 이야기를 먹은 적이 없었다. 그래서 이렇게 버거우리라고는 전혀 상상하지 못했다. 감정의 맛을 느낄 새도 없이 온몸에서 선생님의 목소리가 울리는 것만 같았다. 성여름이 얼마나 특별한 사람인지. 얼마나 빛날 수 있는 애인지 헛소리와 욕을 섞어 가며 외치는 말이 끝없이 혜성의 속을 뒤집어 놓았다.

혜성은 뒤를 돌아 하얗게 질린 성여름의 얼굴을 보았다. 만약 혜성이 조금이라도 자제력이 부족했다면 당장 성여름의 어깨를 붙잡고 선생님이 생각해 온 망상을 쉴 새 없이 쏟아 냈을 것이다. 그런 그를 붙잡은 건 선생님이 가지고 있던 하나의 기억이었다.

그 기억 속에서 성여름이 자리를 비운 사이 누군가의 휴대폰이 선생님 손에 들려 있었다. 이윽고 전화가 걸려 왔고, 선생님이 받았다. 영화부에 추가 합격했다는 전화였다. 선생님은 나긋한 말씨로 성여름 대신 거절을 전했다. 그러고는 돌아온 성여름을 책망하지도, 그 사실을 알리지도 않은 채 모든 걸 없던 일로 묻어 버렸다.

그 기억이 아니었다면 선생님의 감정에 몰입해 버렸을 것이다. 일전에 영명이 했던 말처럼, 사람이 수명이라는 틀에서 벗어나지 못하듯 이야기에 휩쓸리는 건 당연하다고 그랬지.

혜성이 먹은 건 선생님의 이야기였지만, 그의 머리를 꽉 채운 건 과거였다. 그 이야기가 더 마음에 들었다. 그 짧은 여름이 한 사람의 삶을 바꿔 놓은 이야기가.

애초에 왜 이런 선택을 했을까. 허락 없이는 이야기를 먹지 않는다는 약속을 어긴 적은 한 번도 없었다. 그건 혜성이 지켜야 할 최소한의 선이었다.

소원은 얼이 빠진 선생님의 얼굴을 보자마자 혜성이 무슨 짓을 했는지 알아챘다. 선생님이 초점을 잃고 풀썩 주저앉은 사이, 소원은 뒤늦게 나온 세월과 함께 성여름을 데리고 자리를 피했다. 혜성은 선생님과 성여름을 번갈아 보고는 이윽고 셋을 쫓아 본관 밖으로 나섰다.

세월이 성여름을 데리고 먼저 나간 사이, 소원은 혜성의 옆으로 와 입을 열었다.

"웬일로 이야기를 먹었어? 허락 없이는 먹을 생각도 안 한다더니."

"나도 모르겠어."

"본인도 모르게 그러셨다?"

"그러게, 내가 그랬네."

약속을 지키는 건 혜성이 생각하는 제일 인간다운 일이었다. 그러나 혜성은 방금 선택 덕에 자신이 더욱 인간에 가까워졌음을 실감했다. 그는 이제 인간다운 척하면서 살아가는 법이 아닌 인간답게 선택하는 방식을 배워 가고 있었다.

\* \* \*

상황은 신기할 정도로 빠르게 좋아졌다. 그날 이후로 음악 선생님이 성여름에게 접근하는 일은 없었다. 오히려 낯선 이를 대하듯 제대로 된 인사조차 없이 쓱 지나쳤다. 왜 그런 일이 일어났는지는 금방 추론할 수 있었다. 그렇게 순식간에 기억을 지울 수 있다니. 예전에는 무슨 최면이라도 쓰는 건가 싶었다. 사람의 기억을 쉽게, 그것도 원하는 부분만 지울 수 있다는 걸 아무렇지 않게 받아들이기 힘들었다.

그러나 나를 한동안 멍하게 한 건 그게 아니었다. 성여름이 꿈을 포기한 계기는 속으로 상상해 왔던 드라마틱한 가설과는 동떨어져 있었다.

봄의 끝이 다가오고 있었다. 나는 점심시간을 맞아 정자에 앉은 채 바로 앞에 핀 벚꽃을 빤히 바라봤다. 소원은 그 옆에서 음료수를 홀짝이며 내 옆을 지켰다. 주변이 조용해지면 복도에서 성여름이 선생님에게 했던 말이 계속 떠올랐다.

"소원아."

"응?"

"한순간의 행복이 꿈을 포기할 정도로 소중할 수 있다고 생각해?"

소원은 캔을 옆에 내려놓고 내 시선을 따라 벚나무를 바라보았다.

"글쎄, 근데 꿈이 그렇게 대단한 걸까?"

"응?"

"꿈이라는 건 결국 스스로가 정하는 거니까 계속 바뀔 수도 있잖아. 우리가 몇십 년 살아 본 것도 아니고 세상에 있는 걸 다 겪어 본 것도 아닌데."

"네가 그런 식으로 말할 줄 몰랐어."

"왜?"

"네 꿈은 확고하잖아. 퇴마사가 되고 싶다며?"

그 말에 소원은 머쓱한 듯 어색한 미소를 지었다.

"언제 말할지 고민했는데, 나 그 꿈 접었어."

"뭐?"

"이 학교에 들어올 때까지만 해도 괴물은 죄다 나쁜 것만 있다고 생각했어. 전부 사람을 속여 먹는 데 혈안이 된 존재라고 생각했거든."

이 학교에 괴물이 있다는 건 이미 알고 있었다. 듣기로 아마 영명은 확실한 거 같고, 어쩌면 또 있을 수도 있겠지. 사실 그게 누구인지도 이미 짐작은 갔다.

"지금은 아냐. 책에서 본 것과 직접 만나 보는 건 많이 다르더라."

"그렇구나."

"꿈을 갖는 게 좋기는 하지. 삶의 원동력이 되어 주기도 하고."

바람에 깃든 냉기가 사그라든 건 언제부터였을까. 소원의 눈이 천천히 감겼다. 삐쭉 튀어나온 잔머리가 눈꺼풀과 그 주위를 간지럽혔다. 그 모습이 더없이 편안해 보였다.

"하지만 꿈도 결국 행복해지기 위해 꾸는 거잖아. 꿈을 가져야겠다고 집착하다 보면 정작 행복과는 거리가 멀어질걸."

벚꽃잎 하나가 파르르 떨며 사뿐히 내려왔다. 나는 손을 뻗어 내 머리카락에 닿은 꽃잎 하나를 집어냈다.

"내가 그랬던 것 같아."

"네가?"

"응, 초조했나 봐. 나만 미래를 생각하지 않은 것 같아서."

고민 상담부 활동이 내게 아무런 보람을 주지 못했다면 거짓말이겠지. 하지만 내가 갖지 못한 고민으로 울고 웃는 사람들을 보면 이따금 허전함이 느껴질 때가 있었다. 나는 그런 꿈을 가져 본 적도, 그토록 누군가를 열렬히 사랑해 본 적도 없으니까. 모두의 반대를 뚫고 쟁취하고 싶은 꿈이라는 건 어떤 걸까. 고백하지 않고서는 견디지 못하는 감정은 어떻게 해야 생겨나는 걸까.

그저 각자의 이야기가 있을 뿐이다. 되고 싶은 건 없다 해도 재미를 느끼는 일은 조금씩 생기기 마련이다. 사랑에 몸을 던질 성격은 못 되어도 어느새 소중해진 사람들이 있었다.

  허전함을 알아채자마자 그 공백이 사실은 허상일 뿐임을 깨달았다.

## 16. 어느 봄날

　혜성은 세월에게 그날의 일을 설명하는 대신 둘만 따로 보자며 약속을 잡았다. 봄의 마지막 날, 야간 자습 중간의 쉬는 시간. 그날 그 시간의 의미는 혜성만 알고 있었다.

　세월의 변화를 막을 수 없다는 건 알고 있다. 만약 정말로 이야기를 완성하는 게 인간이 되는 조건이라면 세월이 나아가도록 돕는 게 혜성이 할 수 있는 최선이었다. 다만 이야기의 가장 큰 부분이 본인이 되었으면 하는 게 혜성의 바람이었다. 그건 단순히 인간이 되기 위해서가 아니라 혜성의 순수한 욕심이었다.

　그래서 확인하고 싶었다. 세월은 혜성의 반응에 쉽게 흔들렸다. 그러나 그것이 혜성의 행동이 상식 외여서인지, 아니면 혜성이 특별해서인지는 확실치 않았다.

혜성과 세월의 첫 만남은 오직 혜성만 기억하고 있었다. 세월이 어떤 눈으로 혜성을 보았는지, 그 당황과 혼란스러움, 그 와중에 두각을 드러내는 침착함까지. 혜성은 작년 여름을 홀로 보내는 동안 그 감정을 계속해서 떠올렸다.

다시 처음을 반복한다면 세월은 어떤 반응을 보일까. 붉은 눈동자 외에는 같은 게 없는 자신의 모습을 알아볼까. 그때와 똑같아도 좋다. 어쩌면 같은 봄날을 재현할 수도 있지 않을까.

혜성은 음악 선생님의 기억을 먹은 후로도 혹시나 하는 마음에 선생님을 계속 주시했다. 그 후로 선생님이 주말에 출근하는 일은 없었다. 성여름에게 눈길을 주지도, 김해원에게 다가오지도 않았다. 아예 다른 사람이라도 된 것처럼 말이다.

지금의 성여름이나 김해원이 음악 선생님과 대화한다면 같은 사람이라고 여길까. 선생님이 아예 다른 사람이 된 것은 아니다. 그러나 그 둘의 시선으로 본 선생님은 이제 흔적도 없을 것이다. 혜성은 그리 생각하며 권다경과 서별이 재회한 일을 떠올렸다. 기억을 잃어도 다시 가까워질 수 있구나. 그렇게 결론을 내렸다. 진짜 깨달아야 했던 건 그게 아닌데도 말이다.

시계가 밤 아홉 시를 향해 달려가자 혜성은 쉬는 시간이 끝나기 직전 기숙사를 빠져나와 본관 도서관으로 향했다. 도서관에 몸을 숨기자마자 혜성의 몸이 하얗게 빛나기 시작했다.

괴물의 모습으로 학교를 거닌 건 일 년 만이었다. 같은 날짜임에도 피부를 통해 느껴지는 습도와 온도는 미묘하게 달랐다. 이전보다 몸집도 좀 작아진 것 같았다. 예전에는 책장 사이를 꽉 채울 정도의 덩치였는데, 이제는 공간이 좀 남아 여유가 생겼다. 이야기를 먹고 싶다는 생각도 들지 않았다. 이것도 인간에 가까워지고 있다는 뜻인가.

혜성은 도서관 입구에서도 보이도록 책으로 자신을 향해 오는 길을 만들었다. 그러고는 불을 전부 꺼 어둠 속에 몸을 숨겼다. 기다리는 내내 침묵을 지키면서도 속으로는 온갖 생각에 휩싸였다. 세월이 눈앞에 나타나면 어떻게 행동할지를 열 번도 넘게 상상했다.

불이 켜지는 소리와 함께 입구 쪽이 환해졌다. 책장 틈 너머로 세월의 모습이 보였다. 발소리가 천천히 가까워졌다. 혜성은 숨을 죽인 채 세월이 들어올 방향을 향해 서 있었다. 가까워질수록 심장이 점점 조여드는 기분이었다. 소리가 바로 직전까지 다가왔을 때는 머리가 새하얘졌다. 그제야 자신이 이성적인 판단을 하지 못하고 있다는 걸 깨달았다.

첫 만남 때 세월이 침착했던 이유는 혜성을 책 도둑이라고 생각해서였다. 책 도둑을 찾을 이유도 없는 지금, 괴물을 마주친다면 무작정 도망가지 않을까. 거기까지 생각이 닿고 나니 이게 얼마나 충동적인 행동인지 실감이 났다. 차라리 지금이라도 빨리 도망갈까 싶었다.

세월의 시선이 혜성의 시선과 마주쳤다. 까만 눈동자가 혜성에게로 향했다. 그러나 이번에는 두려움에 떨지도, 도망칠 기색을 보이지도 않았다. 눈동자는 흔들림 하나 없이 혜성을 빤히 응시하더니 천천히 그리고 조용히 가까워졌다. 이윽고 혜성이 느낀 건 볼을 감싸 쥔 손의 온기였다.

"이게 네 비밀이었구나."

추리할 만한 단서는 충분히 있었으니 세월이 놀라지 않는 것은 전혀 예상치 못한 일은 아니었다. 다만 세월의 시선은 사람 모습일 때의 혜성을 마주했을 때와 크게 다르지 않았다. 마치 혜성이 괴물인 건 아무런 상관이 없다는 듯이.

작년 이맘때쯤의 세월에게서는 전혀 상상조차 할 수 없는 반응이었다. 세월을 다시 만난 지 오래됐지만 가끔 무심코 그리움이 일었던 이유도 이제 알 것 같았다. 혜성은 아직 여름 내내 그리던 세월을 만나지 못했다. 그리고 앞으로도 만나지 못할 것이다. 왜냐면 그 사람은 이제 혜성의 기억 속에만 남아 있으니까.

세월과 재회한 후, 혜성은 가끔 예전의 세월을 머릿속에서 그려 내고는 했다. 기억을 잃지 않았다면 이런 상황에서 어떻게 행동했을까. 세월이 도서관에서 제 볼에 손을 가져다 댄 순간, 혜성은 그곳에서 자신을 끌어안아 주던 과거의 세월을 떠올렸다. 그때의 혜성도 떠올리는 것조차 힘든 과거를 입 밖으로 막 꺼냈다. 둘만 있다는 사실도, 장소도 전부 똑같았다.

혜성은 잠깐 세월의 어깨 너머를 바라보았다. 그곳에는 자신을 빤히 응시한 채 다가오지도, 멀어지지도 않는 세월이 있었다. 다시 만날 수 있을 줄 알았다. 한 번 먹은 기억을 되돌릴 수 없다는 걸 이미 잘 알고 있으면서도.

저 너머의 세월이 혜성을 등지고 뒤로 돌아섰다. 작년 이맘때쯤에는 그 뒤를 자연스레 따라나섰다. 멀어지면 멀어질수록 그 모습이 희미해졌다. 이번에는 그 환영을 따라나서지 않았다. 그저 속으로 작별 인사를 건넸다.

세월이 언젠가 했던 말이 떠올랐다. 다음에 만날 때는 괴물과 인간이 아니라 임혜성과 이세월로 시작하자고. 그때는 꿈만 같은 이야기라고 생각했다. 그렇게 시작하기 위해서는 괴물로 처음 마주했던 너를 먼저 떠나보내야 했구나. 그날부터 지금까지의 시간은 재회가 아니라 기나긴 작별이었구나.

하얀 갈기가 서서히 흩어져 빛무리가 되어 사라졌다. 눈동자 외의 모든 부분이 하얗게 빛나며 인간의 모습으로 돌아왔다.

"전부 말해 줄게."

혜성은 아까부터 쭉 제 볼에 닿아 있는 세월의 손을 살포시 붙잡았다.

"나는 화괴야, 이야기를 먹고 사는 괴물이지. 내가 먹은 이야기가 사람들에게 잊힌다는 게 흠이지만."

\* \* \*

도서관에 들어서자마자 마주한 건 마치 따라오라는 듯 놓인 책의 행렬이었다. 이상할 정도로 기시감이 들었으나 이런 상황을 마주한 기억은 없었다. 나는 홀린 듯이 책의 길을 따라 도서관 안쪽으로 들어갔다. 이 끝에 누가 있을지 알고 있었다. 그러나 예상과 달리 내가 마주한 건 사람이 아닌 하얀 털로 둘러싸인 괴물이었다.

붉은 눈동자를 보는 순간 주변의 어떤 것도 보이지 않았다. 음악 선생님 앞에 섰던 혜성이 딱 저 색으로 눈을 빛냈지. 그걸 더 가까이에서 보기 위해 다가갔다. 얼굴로 손을 가져다 대자 하얀색 솜털이 만져졌다. 그 촉감이 낯설면서도 거부감이 들지는 않았다.

혜성이 비밀을 전부 말해 주기로 한 게 오늘이었다.

분명 놀라거나 두려워해야 할 상황인데 새하얀 맹수를 보고도 이상하게 심장이 떨리거나 하지는 않았다. 오히려 지나치리만큼 익숙했다. 마치 늘 이곳에 있던 것처럼 도서관 한가운데 있어도 그다지 이질감이 느껴지지 않았다.

그동안 나를 괴롭혔던 것이 문득 떠올랐다. 바꾸지 못할 어린 날의 과거와 한 치 앞도 보이지 않는 앞날. 악몽은 자취를 감췄고, 앞날은 어둡다는 이유로 나를 두렵게 하지 못할 것이다. 그러니 이제는 그것들을 신경 쓸 필요가 없었다. 눈앞의 지금에만 집중하니 내 앞에 있는 게 누구인지 전부 명확해졌다. 너는 모든 비밀을 온몸으로 꺼내 놓았다. 그리고 이게 내가 지금 바라는 것이라는 생각이 들었다.

혜성은 얼마 지나지 않아 내가 아는 모습으로 다시 돌아왔다.

"물을 게 많았는데."

"물을 필요 없어. 전부 얘기해 줄 테니까."

손에 닿아 있는 볼이 따스했다. 괴물의 모습일 때도 마찬가지였다. 모습이 바뀌어도 온기는 변하지 않았다.

"나는 네 봄날의 기억을 먹었어."

달빛이 안쪽으로 드리웠다. 옅은 빛 아래에서도 혜성의 미소만큼은 환히 보였다.

"그리고 약속한 대로 너를 다시 만나러 왔어."

\* \* \*

나는 도서관 소파에 앉아 오랫동안 혜성의 이야기를 들었다. 고민 상담부를 세운 이유가 혜성이 먹을 기억을 마련하기 위해서였다는 건 충격이었지만 나다운 선택이지 싶었다. 지금이라면 쉬이 하지 않을 선택이기도 했다.

이 학교에 들어온 후 보냈던 첫 학기는 이상하리만큼 기억에 빈 곳이 많았다. 혜성은 그 부분을 하나하나 짚어 퍼즐을 맞추듯 공백을 채워 주었다. 소원이 이곳에 들어온 이유를 들었을 때는 절로 웃음이 터져 나왔다.

혜성이 왜 이야기를 더 먹어야만 했는지, 그 말에 내가 결국 어떤 선택을 내렸는지. 그걸 전부 들었을 때는 기분이 일렁였다. 혜성이 눈물만 흘리지 않았지 우는 것과 다름없는 표정으로 이야기해서 그랬을까.

나는 이야기 속의 나에게 공감해 보려고 노력했다. 시간이 흐르면 흐를수록 이야기 속 나는 지금의 내게 점점 가까워졌다. 딱 한 가지만 빼고.

"내가 너를 다시 보고 싶어서 기억까지 포기했다고?"

"돌아오지 않을 걸 아는 채로 날 기억하고 싶지는 않다고 그랬거든."

"나답네."

그때의 나를 직접 마주할 수 있다면 묻고 싶었다. 나에게 혜성이 그 정도로 의미 있는 사람이었냐고. 혜성이 졸업할 때까지도 인간 모습을 유지할 수 있도록 만들어 준 이야기라니.

그러나 딱 거기까지였다. 설령 과거의 내가 혜성을 그리여겼다고 해도 그게 지금의 내게 영향을 주지는 못하니까.

"궁금증은 거의 풀렸어."

"거의?"

"천천히 더 얘기해 보면 되지. 남은 날은 많으니까."

세월은 올해의 봄날을 찬찬히 회상했다. 충분히 반짝이

는 나날이었다. 이번 주 주말에는 저번처럼 소원과 혜성을 데리고 외출이라도 해 볼까. 아니면 부실에서 다 같이 공부하는 것도 나쁘지 않을 것 같았다.

"아무렇지도 않은 것 같네."

"격한 반응을 기대했어?"

"조금은."

하여튼 진지한 상황에서도 도무지 장난기를 버리지 못한다. 나는 혜성의 어깨 위에 풀썩 고개를 기대고는 멍하니 허공을 바라보았다.

"아까 네 모습일 때 기대면 좀 더 푹신하려나?"

"설마 그 모습이 더 좋은 거야?"

"이게 더 익숙하긴 하지. 네가 편하다면 그 모습으로 있어도 돼."

혜성은 잠깐 고민하더니 옆으로 고개를 저었다.

"아냐, 이대로 있을래."

"들킬까 봐?"

"요즘은 이 모습이 더 편하더라고."

그게 정확히 뭘 의미하는 건지 그때는 알지 못했다. 혜성이 이야기해 준 건 내가 잊어버린 기억일 뿐, 본인이 애초에 혼자 알고 있던 내용에 대해서는 일언반구도 없었으니까.

혜성에게 일어난 변화가 무엇인지를 알게 된 건 그로부터 조금 더 뒤였다.

\*\*\*

그날 밤은 오랜만에 악몽을 꾸었다. 정확히는 악몽을 관망했다는 쪽에 가까웠다. 평소에는 일인칭 시점이었던 악몽이었는데, 이번에는 저 멀리서 악몽을 겪는 어린 나를 바라보고 있었다. 어린 나는 쓰러진 어머니를 마주하고서도 가만히 앉아 있었다. 당장 그 몸을 일으켜 다가가라고 말해 주고 싶어도 목이 턱 막힌 것만 같아 목소리가 나오지 않았다.

아이가 드디어 몸을 일으켰다. 그러나 아이의 작은 발은 어머니가 아닌 나를 향해 다가왔다. 그 애는 바로 내 앞까지 다가와서도 걸음을 멈추지 않았다. 그러고는 마치 유령처럼 그대로 내 몸을 통과했다.

뒤돌자마자 순식간에 풍경이 바뀌었다. 빛이라고는 희미한 조명이 전부고, 온 사방이 겹겹이 놓인 책장으로 둘러싸여 있었다. 아이인 내가 있어야 할 곳에는 지금의 나와 다를 것 없는 또 다른 내가 있었다.

원래 내가 저렇게까지 표정이 없던가. 내 표정을 유심히 살핀 적은 없었지만, 고민 상담부를 시작하기 전의 나를 상상해 본다면 딱 저런 얼굴일 것 같았다.

그러고 보니 그 공간은 우리 학교 도서관이랑 비슷했다. 혜성의 말에 따르면 이곳에서 나와 처음 만났다고 했다. 혜성의 말에 담긴 나는 나 같은 구석이 있으면서도 어딘가 낯설게 느껴졌다. 그때의 나를 억지로 그려 내 기억에 끼워 넣으려 하면 머리가 확 아팠다. 내 봄이 텅 비어 있지 않으니 당연한 이야기였다. 아무리 빈 곳이 있다 하더라도 소원도, 권다경과 서별도, 김해원도 전부 생생히 남아 있었다.

내 앞의 또 다른 내가 입꼬리를 올렸다. 웃는지도 모를 만큼 희미하게.

"억지로 떠올리려 하지 않아도 돼."

입이 열리지 않았는데도 목소리가 귓가에 울렸다.

"나는 지금 너와 함께 있어."

나는 나를 향해 한 발짝 나아갔다. 거리가 가까워질수록 목구멍이 트이는 기분이 들었다. 한 뼘 정도 거리까지 가까워지자 목소리가 트였다.

"네가 떠올린 모든 생각과."

"내가 느끼는 모든 감정도."

"내 흔적이고."

"나의 것이지."

혜성을 만나 고민 상담부를 열었고, 그랬기에 이 많은 인연과 이야기에 닿았다. 떠올릴 수 있는 것만이 기억은 아니다. 과거는 어떤 형태로든 남아 내 곁에 있다.

그러니 과거를 잊었을 때는 현재를 사랑하면 된다. 그 모든 것이 만들어 준 지금을 말이다.

꿈에서 깨어난 건 순식간이었다. 창문 너머에서 들어오는 새벽 햇살이 평소보다 따갑게 느껴졌다. 4월이어도 나름 여름에 가까워진다고 동트는 시간이 확 당겨진 모양이었다. 나는 다시 잠드는 것도 잊은 채 한동안 유리창 너머의 풍경을 응시했다.

작가의 말

고등학교 시절의 저는 많은 시간을 공부에 쏟았습니다. 생명과학을 연구하고 싶다는 꿈을 위해 내린 선택이었죠. 제가 연필을 손에 쥔 건 제 꿈 덕이었으나 그 연필을 계속 붙잡고 있을 힘을 준 건 순간순간의 성취감이었습니다. 생명과학 연구원이 된 미래를 떠올리는 것만으로는 버티기 힘든 시간이었습니다. 그래서 저는 미래를 상상하는 대신 제가 좋아하는 소소한 것들로 하루의 빈 곳을 채워 나갔습니다. 저녁 시간의 짧은 산책과 친구들과의 수다, 학교 노래방에서 부르는 노래와 미술실에서 그리던 수채화. 그것들로 채우다 보니 하루를 버티는 게 아니라 즐기고 있더라고요.

학생 때의 기억을 떠올려 보면 정말 다채롭기 그지없습

니다. 하나하나 되새겨 보면 금방 깨닫죠. 그 시절의 추억은 꿈을 위해서 한 일이 아니었더라도 지금의 저를 행복하게 만들어 준 순간이었어요. 도서관 임시 사서를 맡아 도서관을 관리했던 학교에서의 첫 일 년은 『너의 이야기를 먹어 줄게』 시리즈를 있게 해 주었습니다. 학교에서 만난 친구들은 불과 며칠 전에도 만나 수다를 떨 만큼 편한 사이가 되었고요. 늘 행복했던 기억만 있는 건 아니지만, 제게 고교 시절은 정말 행복한 시절이었습니다. 기숙사 테라스에서 보았던 빗줄기와 눈 내린 운동장에서 뛰어다녔던 기억은 아직도 생생합니다.

현재는 결국 과거가 되고, 미래는 현재가 쌓여 만들어집니다. 꿈은 분명 소중하지만 그 꿈 자체에만 집착하면 또 다른 행복을 놓치고 말죠. 가끔은 보이지 않는 미래보다 지금 눈앞에 있는 좋은 날씨가 훨씬 예뻐 보이는 날도 있으니까요. 여름이라는 인물과 『너의 이야기를 먹어 줄게 3』은 이 말들을 전하기 위해 만들어졌습니다.

아마 여름이를 통해 세월이도 좋은 의미로 충격을 받았을 겁니다. 세월이는 오랫동안 성장해 왔지만, 아직도 해결되지 않은 문제가 참 많습니다. 기억은 결국 돌아오지 않았고, 부모님과의 사이를 회복한 것도 아니죠. 세월이는 그걸 알기에 현재의 문제를 완전히 종결짓기에는 미래를 생각할 여유가 없다고 스스로 판단합니다. 그러면서도 미래에 대한 고민 하나 없는 자신을 미워하게 되죠. 이게 바로 세월이가 겪고 있는 성장통입니다. 고민 상담부를 시작하기 전에는 몰랐던 고민과 감정을 겪으며 생긴 일들이니까요.

과거에 혜성이를 어떻게 생각했는지 기억하지 못해서, 동시에 자신만 미래가 없는 것 같아서 세월이는 정작 현재가 주는 행복을 충분히 누리지 못합니다. 하지만 세월이도 이제 천천히 알아갈 겁니다. 미래를 상상하는 건 분명 빛나는 일이지만, 꿈이 없는 삶이 가치가 없다는 건 아니라는 걸요. 자신은 충분히 이야기다운 하루하루를 살아가고 있다는 걸 말이에요.

이건 제가 독자분들에게 하고 싶은 말이기도 합니다. 누군가를 이끄는 힘은 무엇이든 될 수 있다는 거요. 그러니 원대한 꿈을 가지지 못했다 하더라도 죄책감을 느끼는 대신 미래를 만들어 줄 현재에 푹 빠져 지내 보라는 말을 하고 싶었습니다. 이 책에 인연이 닿은 사람 모두가 저마다 어울리는 모습으로 반짝이는 나날을 보내길 바랍니다.

명소정

# 너의 이야기를 먹어 줄게 3
© 명소정, 2024

초판 1쇄 인쇄일 2024년 9월 11일
초판 1쇄 발행일 2024년 10월 1일

| | |
|---|---|
| 지은이 | 명소정 |
| 펴낸이 | 강병철 |
| 편집 | 최웅기 박진혜 정사라 |
| 디자인 | 서은영 |
| 마케팅 | 최금순 이언영 연병선 송의정 성채영 |
| 제작 | 홍동근 |

| | |
|---|---|
| 펴낸곳 | 이지북 |
| 출판등록 | 1997년 11월 15일 제105-09-06199호 |
| 주소 | (04047) 서울시 마포구 양화로6길 49 |
| 전화 | 편집부 (02)324-2347, 경영지원부 (02)325-6047 |
| 팩스 | 편집부 (02)324-2348, 경영지원부 (02)2648-1311 |
| 이메일 | ezbookjamobook.com |

ISBN 979-11-93914-40-3 (43810)

잘못된 책은 교환해드립니다.

"콘텐츠로 만나는 새로운 세상, 콘텐츠를 만나는 새로운 방법, 책에 대한 새로운 생각"
이지북 출판사는 세상 모든 것에 대한 여러분의 소중한 콘텐츠를 기다립니다.

Young Adult Fiction

### 정성다함 생기부수정단
설재인 장편소설

이제 MBTI 대신 생기부로! 잘못된 기록에 신음하는 사람들 앞에 완전무결한 생기부를 책임지는 쌍둥이 남매의 등장.

### 버그소년 우안태
고정욱 장편소설

학교폭력과 친구의 죽음으로 삶의 의지를 잃어버린 소년에게 갑작스레 찾아든 진실. "너는 평행우주에서 지구로 온 아이야." 과연 소년은 어떤 선택을 내릴 것인가.

### 스스로 블랙홀에 뛰어든 사나이
김달영 소설

블랙홀에 빨려 들어간 우주선, 거울 반전된 인간, 공중에 떠 있는 이슬람 건물까지…… SF 과학 교양. 그 이상의 이야기가 눈앞에 펼쳐진다.

### 비밀 동아리 컨트롤제트
임하곤 장편소설

열 살 이후로 성장이 멈춘 여름은 언니가 죽은 학교에 입학한다. 성장보다 성적이 중요한 학교에서 벌어지는 비밀스러운 동아리 활동.

### 레플리카 1
한정영 장편소설

"클론을 사냥하는 게임에 당신을 초대합니다." 선택받은 상류층만의 도시에서 복제인간을 사냥하는 서바이벌 게임이 펼쳐진다. 진실과 거짓이 뒤엉킨 세계, 진정한 자신은 과연 누구일까.

### 레플리카 2
한정영 장편소설

"로즈 게임을 시작하시겠습니까?" 살기 위해서 죽음의 게임에 뛰어들 수밖에 없는 소년. 클론의 운명을 좌우할 게임이 시작된다!

### 악몽 면역자
조혜린 장편소설

꿈속에 갇혀 눈뜨지 못하는 사람들. 그리고 홀로 깨어나 각성한 소녀. 판타지로 빚어낸 새로운 디스토피아.

### 퀘스트, 나이트메어
제리안 장편소설

악몽에 시달리던 세 소년이 우연히 '공유 자각몽'을 꾼다. 누군가의 악몽을 지워주면 끔찍한 자신의 악몽에서도 벗어날 수 있다는데…… 트라우마에서 벗어나지 못하면, 악몽은 계속된다!

### 바람의 신으로 레벨 업
나쓰미 장편소설 · 소노무라 그림 · 이소담 옮김

입학 전, 아빠가 전한 충격적인 소식. "너는 바람을 일으키는 마법 학교에 갈 거다." 내가? 난 평범한 인간일 뿐인데?

### 화월 고서점 요괴 수사록
제리안 장편소설

이토록 환한 밤에 요괴가 너무 많다! 백 년에 한 번 태어나는 운명의 소녀 서지유와 사방신의 유쾌한 요괴 소탕기.

### 인어는 너를 보았다
김민경 장편소설

인어를 사랑한 소녀, 인어 사냥꾼의 몸으로 깨어나다! 십대 작가가 직접 전하는 소녀들의 이야기.

### 제로 럭키 소녀, 세상을 바꿔줘
나나미 마치 장편소설 · 고마가타 그림 · 박지현 옮김

타인의 '불행한 미래'를 볼 수 있는 제로 럭키 소녀와 운명을 바꾸는 소년이 펼치는 운명과의 정면 승부!

### 심장이 뛰지 않는 소년을 사랑하면
허달립 장편소설

하나의 이름을 가진 두 명의 소년. 그리고 소년의 진실을 알게 된 소녀의 매혹적인 만남. 시공간을 초월한 하이틴 뱀파이어 로맨스.

### 우리의 버전으로 만나
범유진 장편소설

가상 현실 게임 '리얼월드'를 배경으로 하는 SF 옴니버스 소설. 현실과 가상의 경계가 희미해진 세계에서 고민하는 아이들과 버추얼 휴먼의 교감을 담은 이야기.

### DMZ 천사의 별 1
박미연 장편소설

대가뭄의 시대, 유일하게 숲이 존재하는 DMZ에서 숨 막히는 생존 게임이 펼쳐진다. 단 하나의 목표, '천사의 별'을 찾아 살아남을 우승자는 과연 누가 될 것인가.

### DMZ 천사의 별 2
박미연 장편소설

모든 게 의문으로 가득한 DMZ. 살아남기 위해 분투하던 아이들은 생각지 못한 진실을 마주한다. 하나둘 밝혀지는 DMZ와 '천사의 별'의 비밀.

### 내 첫사랑은 가상 아이돌
윤여경 장편소설

가상 아이돌 은우와 사랑에 빠진 아리. 하지만 은우와 똑같이 생긴 '휘'가 찾아오면서 모든 것이 뒤바뀐다.

### 정원의 계시록
박에스더 장편소설

산이 모든 것을 지배하는 도시에 이주한 사유. 혼수상태에 빠진 동생을 구하기 위해 전능하신 산의 기괴한 실체를 밝혀라!

### 도깨비의 심장
종란 장편소설

도깨비는 인간의 간절한 염원을 먹고 태어난다. 인간 세상에 숨어 있는 도깨비들을 찾는 사냥꾼 치웅은 자신처럼 도깨비를 찾고 있는 '술의'를 만나 도깨비에 얽힌 진실을 알게 되는데…….

### 도깨비 소녀는 오늘부터 영화배우!
나카무라 고 장편소설 · 사카키 아야미 그림 · 김지영 옮김

안면홍조증 도깨비 소녀 오니가와라 모모카는 배우가 되겠다는 꿈을 가지게 된다. 과연 모모카는 영화배우가 될 수 있을까?

### 감염인간, 낸즈
문상온 장편소설

바이러스와 감염을 이용해 사회에 군림하는 상류층의 횡포에 맞서는 소년의 사투. 전에 볼 수 없던 색다른 아포칼립스 서사!

이지북
EZbook

ezbook@jamobook.com
02-324-2347
인스타그램 ezbook20

넷플릭스 인기 애니메이션 영화
〈울고 싶은 나는 고양이 가면을 쓴다〉 소설로 전격 출간!

땅거미 지는 저녁
수상한 가면을 쓰면
마법이 시작된다!

### 울고 싶은 나는 고양이 가면을 쓴다
이와사 마모루 장편소설 · 에이치 그림 · 박지현 옮김

사사키 미요는 고양이 가면을 쓰면 고양이로 변신할 수 있다는 남모를 비밀을 갖고 있다. 짝사랑하는 남학생 히노데 겐토에게 고양이일 때만 사랑받는다는 생각에 인간으로 돌아가길 포기하는 미요. 그러나 고양이인 모습도 결국 누군가를 위한 모습이라는 것을 깨닫는다. 과연 미요의 선택은 자신을 향할 수 있을까?

서로를 구원할 괴물과 인간의 유대
불안한 십대를 사로잡는 아름다운 판타지

### 너의 이야기를 먹어 줄게 1·2·3
명소정 장편소설 · 리페 그림

어느 날, 내 눈앞에 고민을 들어주는 괴물이 나타났다. 낯선 존재에 두렵지만 말 못할 고민을 털어놓으며 조금씩 가까워지는데……. 성적, 진로, 연애, 우정과 같은 청소년기의 고민거리를 따뜻하게 보듬는 특별한 괴물들. 완전하지 않다는 점에서 서로를 닮은 청소년과 괴물의 유대가 시작된다.

영어덜트 장르 픽션 시리즈